ANKOKU NO AKUYAKUREIJO HA DEKIAI SARERU

Mai Aoikawa

CONTENTS

序章　前世と違う舞踏会

「君との婚約を破棄しない」

「…………」

公爵令嬢リア・アーレンスは、思いがけない言葉に思考もままならず混乱してしまう。

今夜この舞踏会において、リアは彼から婚約破棄を突き付けられるはずだった。声を失い、完璧な美貌の婚約者を見つめる。ダンスを終えたばかりなため、背には彼の手が回ったままだ。

壁一面に鏡が張り巡らされ、煌《きら》びやかな装飾が細部まで施された宮殿の大広間には、人々がひしめきあっている。彼の肩越しにストロベリーブロンドのメラニー・クルムの姿が見えた。

「ジークハルト様」

掠《かす》れた声がようやく出て、リアは自らの婚約者――皇太子ジークハルト・ギールッツの名を口にした。

「なんだ？」

ジークハルトはリアとの婚約を解消し、メラニーと婚約すると、ここで宣言するはずではなかった？

「今……なんとおっしゃいましたの……？」

彼は皮肉な笑みを唇に刻む。

「君との婚約を破棄しない、と言った」

(どういうこと……？)

「――あの、それは……」

彼は鋭く目を眇める。

「オレは君を逃がさない。決して。オレから逃げられるなんて考えないことだな。もし君がそんなことをすれば、どうなると思う」

逃げるのではないが、舞踏会のあとすぐに帝都を離れるつもりでいた。睦言《むつごと》を交わすように、いっそ甘やかな彼の囁《ささや》きがリアの耳朶《じだ》に触れた。

「もし逃げれば、オレは君を殺す」

憎悪ともいえる昏《くら》い炎が彼の双眸《そうぼう》に宿っている。リアの背に冷たい痺《しび》れが伝わり全身が凍りついた。

冷酷なセルリアンブルーの瞳を、呆然《ぼうぜん》と見つめ返すことしかできない。

◇◇◇◇◇

(どうして……どうして婚約破棄されなかったの？)

これはどう捉えるべき事態なのか、わからない。

リアは大広間から離れ、控え室へ入った。出席者の休憩用の小部屋が幾つも並んでいて、その一室に足を踏み入れ、椅子に腰を下ろす。衝撃のあまり指先がまだ震えていた。

――リアは一度目の人生を――二十代半ばで終えた。

理由は謎だが、亡くなったあとまた自分に生まれ変わり、二度目の人生を送っている。

前世を思い出したのは六年前、リアが十歳の頃。最初の人生の記憶は曖昧で、二度目の人生でもそれなりに新鮮な毎日を過ごしていた。

婚約破棄はショックなことだったから、比較的鮮明に覚えている。

今回は心づもりをしておいたのに婚約を破棄しないと言われ、逆に衝撃だった。今生、前世と違う出来事は起きていたが――運命だと、婚約破棄の回避には動かなかったのに。

「リア」

呆然自失していると、アッシュブロンドの髪に青灰色の瞳をした、美しい男性が控え室に入ってきてリアに声をかけた。

「お兄様……」

青ざめているリアを見て、兄のオスカーは細い息を吐く。

「殿下が、婚約を破棄するとおっしゃったのかい？」

兄は憂いながらリアの隣に座った。

「殿下と、侯爵令嬢メラニー・クルムが親密なのは残念ながら有名だから……。ほかの者にうつつを抜かすような男など――」

「違うの、お兄様……。ジークハルト様は、婚約を破棄しないとおっしゃったの」

「………なんだって？」

兄は息を詰め、驚愕《きょうがく》している。

（……そうよね……驚くわよね……）

婚約破棄は時間の問題だと皆感じていた。このところ、社交界でリアに対するひどい噂《うわさ》が流れている。

皇太子に近づく女性――特にメラニーを非道にいじめていた、さらに彼女の兄と不貞を働いた悪女だ、と。根も葉もない噂で真実ではないが、リアは悪役でいいと、婚約破棄もすべて受け入れるつもりだった。

前世同様、帝都を出て冒険者として生きると決めていたのだ。前世では冒険の末に亡くなったものの、各地を旅することに魅力を感じていた。満天の星空を、仲間と共に自由に駆け抜けて。

リアは窓の外へと、ゆっくりと視線を移す。

ジークハルトの先程の瞳が脳裏に焼き付いていて離れない。昔好きだった初恋相手と、ジークハルトの容貌はよく似ている。

――リアはまだ二度目の生だと知らなかった、幼い日々に思いを馳《は》せた。

第一章　突然の別れ

色とりどりの花々に覆われた美しい草原で、リアは花の冠を編み終えると、笑みを零《こぼ》した。

(綺麗《きれい》にできた)

雪みたいに白いシロツメクサの茎をクロスさせて結っていき、丁寧に編み込んだ。

「次は何をして遊ぶ、リア」

幼馴染《おさななじ》みのパウルがリアの隣に座って訊《き》いた。パウルは金色の髪にセルリアンブルーの瞳、品のある通った鼻梁《びりょう》、甘やかな唇をした美少年だ。彼と目が合ってリアはほんのり頬を染め、上空を仰いだ。

突き抜けるような冴《さ》えた青色が空一面に広がっている。遠くの山稜《さんりょう》がよく見え、風が海の香りを運び爽やかで気持ち良かった。牧野では羊がのんびりと草を食《は》んでいる。

「丘の木まで、かけっこしましょ！」

「うん」

リアの右隣にいたイザークがリアの手元を指さす。

「じゃ、勝った人には、リアが作ったその花の冠を」

イザークも仲の良い幼馴染みだ。漆黒の髪と瞳、高い鼻梁、潔癖な唇をした彼も美少年である。

彼ら二人は、リアより一つ年上の八歳。

——帝国の西のはずれにあるこのシュレ村周辺は、穀物の栽培、酪農等を行っている。山々と海に囲まれ、一番近くの街へ行くのにも馬車で丸一日かかるほど田舎だ。近所には子供が三人しかいない。イザークは隣家に住んでいて、パウルは少し離れた蜂蜜色の塔で暮らしている。

柔らかな草の上に、リアは花の冠をそっと置いた。

リアの合図で三人は一斉に駆け出す。なだらかな丘に一本だけ伸びた大木にパウルとイザークが同時に辿《たど》り着き、遅れてリアが到着する。

「二人とも走るの速い……」

「リアは女の子だから」

「俺たちに勝てっこないって」

リアは頬を膨らませた。

「そんなことないわ。私、ヨハンさんに動きが機敏だって褒められたもの。私、いつかパウルやイザークより速くなってみせるわ」

リアは、この村で余生を過ごすヨハンという男性から武術を学んでいる。ヨハンは昔、帝都で騎士をしていたらしい。

「うん。頑張り屋だから、きっとなれるよ」

「リアは本当におてんばだな。女の子なのに武術まで学んで」

パウルとイザークは感心と呆《あき》れが混じった表情でリアを見る。リアは自分の両手を掴《つか》み、イザークに視線を返した。

「だって母様は身体《からだ》が弱いもの。父様は母様を大事にしててとても気にかけてるし、私まで弱くなってしまったら父様は倒れてしまうわ。母様はもちろん、父様も守るためにも私は強くなりたい」

もし何か緊急事態が起きた場合、自分が強かったら、両親を助けることができるのではとリアは考えている。大事なひとを守れる強さが欲しかった。

「えらいね、リアは」

「うん。畑仕事にも精を出すし」

（すごいのは、なんでもできる父様よ）

父は優しく美形で、作る料理は抜群に美味《おい》しくて、掃除も洗濯もてきぱきと手際よくこなし、花壇の世話も上手だし、リアにとって完璧なひとだ。

そんな父は母のことをたまに『お嬢様』と呼んでしまうのだった。二人はいわゆる『駆け落ち』をしたらしい。父は元々、母の家に仕えていたらしく、意に沿わない結婚をさせられそうな母を攫《さら》って逃げたのだ。子供のリアも照れてしまうくらい両親は深く愛し合っていて仲が良い。リアも将来は父のようなひとと結婚をしたいと思っている。

「母さんがリアのこと褒めてた。明るく元気で働き者だって。いつもリアに手伝ってもらって助かるって」

村ではほぼ自給自足の生活だ。

イザークは母親と二人暮らしで、リアは彼の家の手伝いもしていた。皆助け合って日々を過ごしている。

「二人とも親がいていいね……」

パウルが寂しそうに呟《つぶや》き、リアははっとする。パウルには親がいなかった。

親戚と一緒に暮らしているが、ほかの村人と接するのを禁じられているらしい。こうして外に出ているのも、目を盗んでなのだった。家の敷地の端に建つ塔に、一人でいる。

（パウル……）

「ひょっとして、家のひとに意地悪されてるの？」

もしそうだとしたら、なんとかしないと。しかし彼は頭を振った。

「ううん、そんなことはない。テオさんもズージさんも親切だよ。でも外に自由に出ることを許されてないから。愛を与えてくれる親がいて君たちが羨ましい」

リアとイザークは顔を見合わせた。

パウルと最初に出会ったのは二年前だった。塔の窓から外を眺めていたパウルに声をかけたのがきっかけだ。一緒に遊ぼうと誘ったら、彼は抜け道を使って塔から出てきた。それからよくこうして三人で遊んでいる。

「君たちがいるから今は全然寂しくないけれど。それまでは結構辛《つら》かったかな」

リアが憂いを覚えると、パウルは安心させるように笑んだ。

「リア、大丈夫だよ。それで、リアが作った花の冠は僕とイザークのどちらがもらえるのかな」

首を傾《かし》げて尋ねられ、リアは少し考えたあと、笑顔で答えた。

「同時だったから、じゃ、二人ともに！」

丘を下りて草原に戻ったリアは、母から作り方を教わった花の冠を、心をこめてもう一つ編んだ。

パウルとイザークの頭にそれを同時にのせる。

「嬉《うれ》しい、リア」

「ありがとう」

「いつか絶対、二人とかけっこして勝って、私が作ってもらう！」

「うん」

「わかった」

パウルとイザークは、本気で宣言するリアにくすくすと笑って頷《うなず》いた。


「ただいまー！」

二人と別れたあと、リアは家に帰り、木彫りの玄関扉を開けた。すると、廊下で拭き掃除をしている母の姿が目に入り、リアはぴたりと足を止めた。

「お帰りなさい、リア」

「母様！」

仰天して母に駆け寄った。

「そんなことしなくていいのに」

床に膝をついている母を支えて立ち上がらせれば、母はふうと小さく息をついた。

「父様がいないときは、リアがいつも家のことをしているでしょう。それじゃ悪いから、わたくしも何かできればと思ったの」

「転んで怪我《けが》でもしたら大変、駄目よ」

「わたくしは転んだりはしないわよ、リア？」

「無理な体勢になるわ」

膝をついて床を拭くなんて、身体の弱い母にしてもらいたくはなかった。

「なら、洗い物を――」

「母様、お皿を割っちゃうもの……。危ないわ」

はっきり告げてしまえば、母は眉尻をきゅっと下げた。

「お皿を割ってしまうのは事実だけれど……」

「とにかく、部屋に戻りましょ」

リアは母の手を取って部屋へと連れていく。線が細く可憐《かれん》な母は病弱だ。突然ばたりと倒れてしまいそうで、リアは心配で心配で仕方ないのである。それでなくとも今、大陸では流行《はや》り病が蔓延《まんえん》している。母が罹《かか》ってしまったらどうしようと、日々不安なのだった。

母は唇を尖《とが》らせた。

「リアは心配性ねえ。そういうところ、父様に似たのね？　あなたは父様と同じ『風』の術者だし」

父が心配性なのは確かで自分の性格は事実、父に似たと思う。世界には魔法を扱える人間が存在しているが、そのほとんどが王侯貴族らしい。ただし例外もあり、リアの家族は皆魔力があって、父とリアは『風』の術者だった。

プラチナブロンドの髪に、紫色の瞳をした母は美しく、リアは外見は母似だといわれるが、母ほど美人ではない。

「私は母様と同じ『闇』寄り」

「ええ、わたくしと同じね。あなたの身体は弱くなくてよかった」

術者は『暗』寄りか、『明』寄りとなる。が、稀《まれ》に『闇』寄りがいた。『暗』寄りや『闇』寄りは、身体が弱くなることがある。母がまさしくそれだ。魔力を抱える身の負担が大きくなるらしいが、リアは幸い、身体が弱いということはなかった。

「掃除はいいからじっとしてて、母様」

自室へ移動させると、母は吐息を零して本棚から本を取り出した。

「じゃ、今日は少し早いけれど、居間に行って勉強を教えましょうか」

「うん、イザークも呼んでくるね！」

「ええ」

リアは隣家に行き、イザークを誘った。幼馴染みの彼とは毎日こうして共に勉強していて、父も母も博識でたくさんのことを教えてくれる。今日は帝国の歴史を学んだ。難しいときもあるけれど、遊びの延長のようで、学ぶのは身体を動かすのとはまた違った面白さがある。

「あなたたちは良い生徒ね」

母は口元に柔らかな弧を描く。

「わたくしがあなたたちの歳のころには、家庭教師の先生から逃げ出してよく叱られたのだけど」

おっとり微笑《ほほえ》む母は、いつまでも少女のようで可愛《かわい》らしい。しかし意外とおてんばだったようだ。

昔はどんな感じだったのだろうと、リアは少し興味をひかれた。

◇◇◇◇◇

「今日は親戚が出かけていて、珍しく家に誰もいないんだ」

いつも三人で遊んでいる待ち合わせ場所に行くと、パウルがそう言った。

「じゃあさ」

イザークが身を乗り出した。

「塔の中に入ってみたかったんだけど、行ってもいいか？」

「いいよ」

パウルがこくりと頷く。彼が住む塔に一度入ってみたいと思っていたので、リアはどきどきと心臓が跳ねる。

二人は、パウルに連れられて塔へ向かった。主屋から少し離れた場所に蜂蜜色の塔は建っている。内階段から最上階にあるパウルの部屋に入ると、外観と同じく飾り気のないシンプルな内装だった。

机とテーブルが置かれ、書架には本が多く並んでいる。

「わぁ、いっぱい本があるのね」

様々な種類の本が揃《そろ》い、リアが読めない外国の本もあった。

「他にもあるよ。下は書庫になってる。僕は行動を制限されているから、読書をして過ごすようにということだと思う。定期的に本が入れ替わるんだ」

「へえ」

イザークは書架を眺めた。

「気に入ったのがあったら二人とも持っていっていいよ」

「ありがとう！」

「サンキュ」

それからしばらく時間を忘れ、三人で読書をして過ごした。

いつの間にか窓の外の景色が夕映えに輝きはじめていて、二人は読書後、パウルと塔から下りた。

イザークは敷地内の奥にある一つの建物に目を留めた。

「パウル、あの建物、何？」

「ああ、あれは」

石造建築の白い建物。パウルはぎこちなく眉間を皺《しわ》めた。

「立ち入り禁止になっている場所だ。僕が外に出るときに使う抜け道が近くにあって。あの場所にはテオさんたちも近づかないから、僕も気づかれず抜け出せてる。なんともいえない不気味な空気で、抜け道を使うとき以外は僕も行かない」

「ふうん……」

イザークは顎に手をやる。

「気になるな」

リアもイザーク同様にそう思った。探索したくて血が騒ぐ。

「ちょっとだけ行ってみたいな」

「私も」

リアが好奇心で言うと、パウルはわずかに片眉を上げた。

「いいよ。皆まだ帰ってきてないしね」

その建物の前まで三人で行ってみたが、確かに圧《お》されるような独特の空気感があり、リアはこくんと息を呑《の》みこんだ。興味と恐れの両方を感じる。

「抜け道はどこにあるの？」

リアが訊くと、パウルは建物の横をすっと指した。

「こっちだよ」

ぐるりと建物を回り込めば横に階段があった。

「ここを下りて地下を進むと、いつも待ち合わせをする草原傍《そば》の石碑の下に出るんだ」

「ここから帰ったら駄目か？　一度通ってみたい」

「地下も同じような空気が流れてるから、気分が悪くなるかもしれないよ。足場もあまりよくないし」

「パウルはいつもこの道を通ってるんだから大丈夫だろ？」

「でも……」

期待をこめてリアとイザークがパウルを見つめると、彼は根負けし溶けるような息をつく。

「わかった。二人とも足下に気をつけてね。出口まで送るよ」

「うん！」

「ああ！」

パウルは近くの木陰に隠してあったランタンを手にした。

「じゃあ、行こう」

リアとイザークはパウルに続いて階段を下りた。リアはどきどきと胸を高鳴らせ、パウルの後ろを歩く。最後尾はイザークだ。パウルの背はすっと伸び、金色の髪が煌《きら》めいている。

心臓が大きく音を立てるのは、冒険みたいに地下に下りるからか、すぐ傍にパウルがいるからか。

パウルのことが好きなリアは、彼の後ろ姿をじっと見つめていて、足を滑らせてしまった。

「きゃっ」

「リア！」

こちらに注意を払っていたパウルが素早く腕を伸ばし、リアを抱きとめる。

「大丈夫？」

「うん」

（……気をつけなきゃ……！）

「ごめんなさい」

「君に怪我《けが》がなくてよかった」

パウルはにっこりと微笑む。

「でも気をつけて」

リアは赤くなって、こくりと顎を引いた。

（母様に色々言えない、私が転んじゃった……）

反省したリアは、今度は慎重に階段を下りる。下まで行くと暗い道が見えた。

「草原の地下まで延びているんだな？」

イザークが先へ続く道を覗《のぞ》き込む。

「うん。——リア、危ないから手を繋《つな》ごう」

差し出されたパウルの手をリアは取った。あたたかな掌《てのひら》で、リアはとくんとくんと鼓動が速まる。

「じゃ、俺がランタンを持つよ」

イザークがパウルからランタンを受け取り、イザークを先頭に先を進んだ。リアはどぎまぎしながら移動する。少し歩いたあとイザークが何かに気づき、足を止めた。

「ん？　これってひょっとして扉？」

イザークは右側の壁に視線を注いでいる。パウルは首肯した。

「うん。扉だ」

壁と一体化してわかりにくいけれど、目を凝らせば、精緻な模様が彫り込まれて描かれている。その長方形の部分だけ他とは違った。

「なんだか……さっきの建物と同じ空気を感じるわ」

ひんやりとした独特のもので、リアは顎を上げ、天井に視線を向けた。

「位置的に、さっきの建物に繫がってるの？」

「そうだよ」

「中に少しだけ入ってみたらいけないか」

パウルは難しい表情をして苦笑いする。

「立ち入り禁止の場所だからね……それに鍵がかかってる」

「ちょっと押してみよう。開くかも」

取っ手が見当たらないのでイザークは扉に掌を置いて、えいっと強く押したが扉は開かなかった。

「言っただろう。鍵がかかってるんだ」

リアは模様を注意深く観察し、一つのことにはっと気づく。

「この扉に描かれているの、本で見た模様と似てるわ。魔法陣……」

イザークが指を鳴らした。

「なら魔法を使えば開くんじゃ？　鍵って魔法でかかってるかもしれないし。俺らなら開けられるんじゃないか」

ここにいる三人は術者だった。

遥《はる》か昔、大陸の各国で精霊と契約を交わした人間がいて、その子孫の中で今もそれが身に息づいている魔力保持者を術者という。リアは『風』、パウルは『星』、イザークは『光』の魔力を秘めている。村では他にはリアの両親しか術者はいない。魔力の持ち主は非常に少なく、『星』と『光』は特に珍しくて貴重だと両親から聞いた。

パウルは黄金の髪を揺らせて頭を振る。

「わからない」

「開けようと思ったことはないのか？」

「前に考えたことはあるけど試したことはない。立ち入り禁止の建物に繋がっているし、通路自体、本当は使っちゃいけないんだ」

「中に何があるか気にならないか」

リアは気になる、と思い、わくわくとしてしまう。

「あまり良い感じの気配ではないからね」

パウルは眉をしかめて扉を見つめる。二人の好奇心いっぱいの視線を受けて、パウルは仕方ないといったように肩を竦《すく》めた。

「……わかった。じゃ開いたら、少しだけ中を見てみる？」

「うん」

「ああ」

三人は扉に手を置き、魔力を解放した。するとその場がかっと光り、扉の模様は赤色を帯びて、そして青色に変わり、ゆっくりと動きだした。

「開いた……」

三人は顔を見合わせた。開いたはいいが、中から流れ出す冷ややかな空気が肌に触れ、どうしようと、にわかに焦りを感じさせたのだ。しかし探求心に抗《あらが》えず、三人は中へと足を踏み入れた。

室内は濃い闇が広がっている。ランタンの小さな灯《あか》りだけでは隅々までは照らすことはできない。見回してみるが何もないようだった。

「帰ろうか」

イザークが残念そうに言い、先程の通路に戻ろうとしたとき。パウルが奥を見て呟いた。

「——階段がある」

「え……」

イザークは立ち止まり方向転換する。確認のため奥へと進んで、イザークはこちらを振り返った。

「本当だ。下りる階段があるぞ」

こくっとリアは喉を鳴らした。

「ど、どうするの？」

「ここまで来たんだし、下りてみよう」

イザークが言い、パウルはふうと息をついた。

「まあ、気になるね」

リアは少し怖くも感じた。本当に下りてしまっていいのだろうか……。

（でも、私も気になる……）

「君のことは僕が守るよ、リア」

こちらを見つめて優しく声をかけてくれたパウルに、リアは頬が熱くなる。

「うん」

ぎゅっと二人は手を握り合った。

「行こう」

イザークが階段を下りていく。二人もそれに続くが、空気はさらに冷える。長い階段を下りた先に、さっきのものと似た模様の扉が見えた。

「ここにも魔法陣だね」

パウルが模様を見据え、イザークは扉を強く押した。

「やっぱり開かない。びくともしないぞ」

三人が手を置き、魔力を解放すると先程同様に扉は開いた。

小さな部屋の中に入ると壁際に台座があった。両手で掴めるほどの大きさの四角い箱が置かれている。それにも魔法陣が描かれていた。

「何だろう？」

イザークが触れようと手を伸ばした瞬間、白い箱は突如かたかたと自ら動いたのだ。

（え――）

中に生き物がいるのだろうか？　固唾を呑んで身構える三人の前で不思議な箱は揺れながら床に落ちた。パウルがそれを拾うと蓋が開き、拳大の漆黒の丸いストーンが転がり出る。

「石？」

拾おうとしたイザークの手をパウルが掴み、引き止める。

「駄目だ、イザーク。建物全体に流れる気配は、それだ」

しかしパウルの手の甲にストーンが触れ、彼は低く呻《うめ》いた。

「……っ！」

「うっ……！」

「パウル、イザーク……!?」

リアが二人に触れた瞬間、びりっとした痺《しび》れが身体に走るのを感じた。

（——！）

全身がかっと燃えるように熱くなり、魔力が膨れ上がり弾《はじ》ける。そのあと一気に身体は冷え、リアはぐらぐらと眩暈《めまい》がした。おそらくパウルとイザークも同じ状態だ。全員ひどい体調不良を覚えていた。眉をきつく寄せ、パウルはストーンを手に取り、箱にすぐに戻した。

「出よう、今すぐここから！」

パウルは二人を促し、部屋の外へと駆け出した。扉を閉め、階段を上る。通路まで戻れば彼はその扉も閉じた。屋外に出ると、パウルは息を整え、リアとイザークに目をやる。

「二人とも、大丈夫……？」

「ええ……」

「平気だ……」

本当は体調は最悪だったけれど、パウルを心配させまいと二人はそう返事した。

「それより、パウルは？　あのストーンに直《じか》に触れただろ」

パウルも顔色がかなり悪い。

「僕は大丈夫。ごめん。こんな道、通るんじゃなかった」

「通りたいって言ったのは、俺だ。パウルが謝ることない。すまない」

「私も通ってみたかった……。パウル、ごめんなさい」

パウルは首を横に振る。

「さっきのことを誰にも言わないでいてくれる？」

「了解」

「わかったわ」

パウルは淡く微笑んだ。

「じゃ、家まで送るよ、リア」

「いや、俺が送る。君は早く戻って休んだほうがいい」

リアもパウルが心配だったので、イザークに同意する。

「うん。イザークに送ってもらうから大丈夫」

イザークとは家が隣同士だが、パウルに来てもらうと、彼は多くの距離を歩かなければならないし、申し訳ない。

「送らせてほしい。リアに話があるんだよ」

パウルはセルリアンブルーの瞳を静かに煌めかせる。

彼がそう言うので、リアはパウルとイザークの二人に送ってもらって帰路についた。先に着いたイザークの家の前で足を止める。

「じゃあ、またな」

「リア」

イザークが中に入り、リアはパウルと、リアの家まで行き、花壇に寄った。

パウルは腕を伸ばして、リアの手をそっと取った。リアはどきりとする。

「パウル？」

「僕と、将来結婚してほしいんだ」

「——え？」

突然の言葉にリアは虚を衝《つ》かれて、目を見開いてパウルを仰いだ。

「——結婚……!?」

「そう。将来、僕のお嫁さんになってほしい」

（結婚……）

リアは全身が火照った。

「君のことをずっと好きだった」

彼はぎゅっとリアの手を両手で握りしめる。

「君のことを、僕が守りたい。大きくなったら、僕と結婚してほしい」

呆然《ぼうぜん》としていたが、迷うことなくリアはこくんと頷いた。

「……うん」

彼はリアの瞳を覗き込む。

「本当？」

「……本当よ。私もパウルを好きだった。あなたのお嫁さんになる」

リアはパウルを想っていた。だから今、信じられないくらい幸せで胸がいっぱいだった。

「嬉しい……！　ありがとう」

彼は顔を輝かせ、リアの手の甲に唇を落とした。リアの心臓は大きく跳ね上がり感情が高ぶる。

「僕と結婚しよう。約束だ」

「……うん。約束」

パウルは胸に沁《し》みる微笑みを浮かべる。帰っていく彼の背をリアはずっと見送っていた。帰り際、パウルは何度か振り向いてこちらに手を振り、リアは手を振り返した。

家に入った途端、ほっと気が抜けた。朱に染まった頬を掌で覆い、その場に屈《かが》みこむ。

「おかえり――リア？」

そんなリアに父が最初に気づいた。

「どうしたんだ？」

(起き上がれない……)

「一体、何があった」

「？　どうしたの？」

奥から出てきた母の声が耳に届いたけれど、瞼《まぶた》が重い。

「リアが立てないんだ」

「リア？」

二人の声をリアはぼんやりと聞いていた。先程のパウルとのことで、非常に心は弾んでいるが緊張が解け、一気に動けなくなった。地下から体調が悪かったと思い出すが、自覚したときには遅く、倒れることになった。

意識が途切れて目を開けたときには寝台にいた。傍らで両親が、横たわるリアを憂いを帯びた表情で見ている。父と母に心配をかけてしまった。

「リア……」

「ちょっと私、立ちくらみしたみたい」

リアは安心させるため笑顔を作ったが、身を起こすと少しだけ頭が痛み、鈍い気だるさを感じた。

「リア……あなた、瞳が……」

「え？」

両親は愕然《がくぜん》とし、顔をこわばらせる。

（どうしたの？）

「瞳が金色になっているよ」

父が言い、母がチェストの抽斗《ひきだし》から手鏡を取り出してリアに渡した。

「ほら、見て」

リアは胸が騒ぎ、手鏡を受け取る。鏡に自分を映せばぎょっとした。

「えっ」

本当に瞳が金色になっている。

「ど、どうして⁉」

リアが慌てふためいてしまうと、父がリアの肩に手を載せ、優しく宥《なだ》めた。

「落ち着きなさい。ゆっくりでいいから魔力を解放してみて。全部」

「う、うん」

リアは戸惑いながら目を瞑《つむ》った。魔力を全身に行き渡らせる。

（一体、どうして瞳が金に……？）

身が熱くなるのを感じた。今、体調は万全ではないのに魔力が強くなっているようだ。不思議に思いながら魔力を抑え、瞼を持ち上げれば、父も母も瞠目《どうもく》していた。

「リア……あなた、覚醒している……！」

「覚醒……？」

ぽかんとして瞬《また》くリアに、両親が話して聞かせてくれた。

――術者の中で『闇』寄りの者は、『闇』術者として覚醒することがある。それは数百年に一度あるかないかのことらしく、大陸でもこの帝国以外には伝わっていない事実である。

他国では『闇』術者が現れたことがないためだ。『水』『炎』『大地』『風』の術者の他、希少性の高い『星』『光』。その上に『花』。『花』を凌駕《りょうが》する『闇』――。

母は重く息を落とした。

「『闇』は術者の頂点よ。ギールッツだけに伝えられているのだけれど。このことがもし帝国に知られたら……」

青ざめる母の背に父が手を添えた。

「大丈夫だ」

父はリアの顔を覗き込む。

「このことは誰にも言っちゃ駄目だよ。今後、魔力を全部解放するのもいけない。約束だ」

両親の様子から、リアはそれが重要なことなのだと強く感じた。

「うん、約束する」

(それにしても……今日は色々なことがあったわ……)

不安に思い、リアの唇からぽつりと言葉が零れ落ちる。

「私、ずっとこの瞳のままなの？」

母と同じ紫色をとても気に入っていたのに……ショックだ。もしこれからもずっと金色でいることになるなら、話さなくてもわかる気がするのだけど。母は首を横に振った。

「いいえ、時間が経《た》てば収まると思うわ。今は覚醒したばかりだから金色になっているのでしょう。今後、魔力を全部解放しなければ大丈夫よ」

「だが突然どうして覚醒をしたんだろう。リア、今日何をしていた？」

「ええと……」

パウルから地下でのことは誰にも話さないでと言われている。隠し通路を通り、地下に入ったことは内緒にしなければならなかったし、結婚しようと言われたことを話すのは照れてしまう。

「いつものように、パウルとイザークと草原で遊んでただけなの」

「覚醒は、突発的に起こるものらしいけれど……」

母は悩ましげに眉を寄せ、父が穏やかにリアに言い聞かせた。

「瞳の色が収まるまでは、外に出ないように。魔力もしばらく使っては駄目だ。術者というだけでも珍しい。『闇』術者だと知られれば、厄介事に巻き込まれてしまうかもしれないからね」

「わかったわ、父様」

部屋に一人になったあと、リアはパウルのことを考えた。結婚しようと彼から言われ、嬉しくて、幸せで、くすぐったかった。パウルもイザークも『明』寄り。瞳の色が変わったりはしていないはずだが、地下から具合が悪そうだったので心配だ。

(早く会いたいわ。瞳の色、すぐ戻ってほしい)

そう思いつつリアは寝台に再度横になり、微睡《まどろ》んだ。


翌日、イザークが家にやってきたけれど、リアは会わなかった。まだ瞳の色が戻っていないため、会いたくても会えなかったのだ。リアは風邪をひいていることにして、母はイザークに勉強を教えた。

彼が帰ったあと、リアの部屋に母がやってきた。

「具合はどう?」

気になって待っていたリアは、母に駆け寄って答える。

「うん、大丈夫。イザークは元気そうだった?」

「ええ。あなたのことをとても心配していたわよ。ただの風邪だから、大丈夫だって話しておいたわ。うつるといけないから数日は会えないって」

（良かった、イザークは元気なのね）

パウルはどうしているだろう？　早く会いたい。リアの瞳は金色のままだが、体調はすぐ戻ったし、彼もきっと大丈夫なはずだ。リアはそう思っていた。

◇◇◇◇

一週間経ち、リアの瞳の色は元の紫になった。

（ずっと戻らなかったら、どうしようかと思ったわ！）

ほっと胸を撫《な》で下ろし、服を着替えていると外で叫び声が聞こえた。

「リア！」

イザークの声はどこか切羽詰まっていた。

「どうしたのかしら？」

母が訝《いぶか》しげにしつつ、玄関へと向かった。

「イザーク、おはよう」

「おはようございます。リアは!?」

「リアなら今日から一緒に勉強できるわ。風邪治ったの。今着替えているからちょっと待っててね」

応対する母の声を部屋で聞きながら素早く着替えを終え、リアは廊下へと出た。

「久しぶり、イザーク！」

玄関まで行って、一週間ぶりに会う幼馴染みに声をかけるが、彼の顔が真っ青であるのに気づき、リアはどうしたのだろうと首を傾げた。

「イザーク？」

「リア……」

彼は泣きそうな顔で、喉から声を押し出す。

「……何か、あったの？」

「……パウルが死んだんだ……」

リアは何を言っているのだろう。

（え……？）

リアは憮然《ぶぜん》とし、眉をしかめた。彼は何を言っているのだろう。

「イザーク……一体……何なの。悪い冗談言わないで！」

彼はぎゅっと強く拳を握りしめる。

「もう火葬されて、今、墓地に彼の親戚が集まっていて……昨日、亡くなったって……」

リアはそんなこと信じられなかった。イザークを見つめ立ち竦む。

「とにかく、墓地に行ってみましょう」

母がそう言って二人を促し外に出た。村の北側にある墓地まで行くと、パウルの親戚がいた。

母が彼らに声をかけ、事情を尋ねると淡々と説明された。

この数日、パウルの体調はひどく悪かったと。昨日、容体が急変し息を引き取ったと。病状の悪化があまりに早かったので大陸にはびこる流行り病かもしれず、火葬して墓に埋葬したと。

「そんな……！　パウルは生きてる！　死んでなんかいないわ！」

「リア……」

母がリアを抱きしめる。イザークは唇を噛《か》みしめ、悲痛に俯《うつむ》く。

（嘘《うそ》よ……！）

海風がリアの髪をさらい、冷たい空気が全身を打ち付ける。

パウルはリアの初恋の相手だった。この間まで一緒にいたのに。

握った掌や、手に口づけられたぬくもりを、はっきりと覚えてる。大きくなったら結婚しようと言ってくれた。

なのにこんな突然、別れが——？

「……っ」

リアは墓地で嗚咽《おえつ》を零し、ぼろぼろと泣きじゃくる。見かねたイザークがリアの背に手を添えた。

「……リア、帰ろう」

このままここにずっといると、身体の弱い母の身にも障ってしまう。

「………」

リアは崩れるように頷き、止まらない涙を拭い、そこを後にした。

◇◇◇◇◇

一年経ち、周りの人に励まされ、リアの心の傷もようやく少し和らぎはじめた頃、悲劇がまた起きた。流行り病で母が亡くなったのである。同時期にイザークの母も亡くなり、イザークはリアの家に引き取られることになった。リアとイザークの悲しみはとてつもなく深かった。

だが、二人以上に堪《こた》えていたのはリアの父だった。最愛のひとを失った父はみるみる衰弱していった。

「リア……ごめん。大切なおまえがいるのに……母様を失って……もう……父様はどうしたら良いかわからない……」

生きる気力を失い、抜け殻のようになった父は母を追うように、数ヵ月後他界した。

そして、リアとイザークは天涯孤独の身となった。しかし父の亡くなった日、リアの家に人が訪れた。


「ようやくお会いできました」

テールコートを着た、優しい目元をした年配の紳士は、そう切り出した。

「一目見て、手紙の内容は事実なのだと確信しました。お嬢様、帝都へお越しください」

悲しみに打ちひしがれるリアにそう告げた男を、イザークは警戒心をもって睨《にら》んだ。

「……誰ですか？」

「私はアーレンス公爵家に仕える使用人、コンラートと申します」

コンラートはイザークからリアに視線を戻す。

「お嬢様、あなたはアーレンス公爵の妹君の忘れ形見。あなたを引き取ることが旦那様の願いです。どうぞ一緒においでください」

母は貴族令嬢だったのだろうとは予想していたが。

（……母様、公爵家の人間だったの……）

父を失った絶望感しかないリアは、コンラートから一歩後ろに下がった。

「私、どこにも行きません」

リアにとって、シュレ村で過ごした日々がすべてだ。両親やパウルの思い出は全部この場所にある。

「この村から出たりなんてしません」

コンラートは苦笑して溜息《ためいき》をつく。

「あなたはまだ八歳でしょう。両親を失い、どうやって暮らされるのですか？　長く捜し、ようやく見つけ出すことができたのです。残念ながら母君は間に合いませんでしたが……。あなたには公爵家に戻っていただかなくてはなりません。旦那様がそのようにお望みです。それに」

コンラートは厳かに告げた。

「あなたの亡くなった父君のご遺志でもあるのですよ」

リアははっと顔を上げ、息を詰める。

「……父様の……？」

コンラートはリアを見ながら点頭した。

「ええ。父君が公爵家に手紙を送ってこられたのです。自分の命はもう長くないので娘を頼むと、この場所を知らせてこられた。まさかこんな寂れた村にいらっしゃるとは……」

亡くなる前、あとのことは頼んであるから家に来たひとに従うよう、父に言われていた。それがこのひとのことなのだろうか。イザークがじっとリアを見つめる。

「おじさんの遺志に従ったほうがいい、リア。墓守は俺がする。心配ない」

勇ましく言うイザークに、コンラートはちらりと目をやった。

「君は母親を亡くしたあと、ここで暮らしていた少年ですか？」

イザークは唇を引き結んでから答えた。

「そうです。俺はリアの幼馴染みで、母が亡くなってからこの家で暮らしていました」

無言でコンラートはイザークを見下ろした。

「……なるほど面影がある……」

イザークが訝しげな表情をすると、コンラートは言い聞かせるようにゆっくりと話した。

「お二人で帝都にお越しいただきたい」

「行くのはリアだけでしょう？　俺は……」

「あなたのことも手紙に記されてありましてね。あなたに関しては相手方があることですので、今この場で詳細をお話しできませんが」

イザークが戸惑い、顔をこわばらせれば、コンラートは小さく笑った。

「突然現れた私が、お嬢様を連れていくことを不安に感じませんか？　あなたもついてこられたほうが安心では？　あなた自身もお嬢様も」

リアは自身の手を掴む。帝都に行くのなら、一人で行くよりイザークもいてくれたほうが心強いのは確かだった。しかしイザークは村を離れたくないだろう。ここで育ち、母親もこの地に眠っているのだから。父の遺志でなければ、リアもどこにも行きたくはない。

イザークは一拍黙し、決意したように強く声を発した。

「わかりました。行きます」

そうして黒毛の馬が牽《ひ》く有蓋馬車に乗り、リアはイザークと共に帝都へ向かうことになった。

第二章　婚約

人が多くにぎわい、道は舗装され、煉瓦《れんが》造りの建物が整然と並ぶ帝都は、今まで通り過ぎたどの街よりも栄えていた。衛生的で美しく、街路には鮮やかな緑の木々が植えられている。道幅の広い大通りにはたくさんの店があり、様々なものが売られていた。

「すごい……人がいっぱいいね」

「ああ、村とは全然違うな……」

リアとイザークは、馬車の窓から活気に満ちた帝都を見て、圧倒されてしまった。

「旦那様にお会いする前に、どうぞご準備くださいますよう」

コンラートは宿屋に入り、メイドを呼んでリアの支度をさせた。リアはお風呂で清められ、その後、フリルがあしらわれた上質のドレスを着せられた。髪は念入りに梳《す》かれ、結われた。

ここまでイザークとずっと一緒だったが、ひとまず離れることになった。道中、コンラートが信頼ならない人物ではないと感じられたので、宿屋で滞在することをイザークも了承した。

公爵家へと赴いたリアは、あまりの壮麗さに息を呑《の》んだ。瀟洒《しょうしゃ》な屋敷に美麗で広大な庭園。内装も贅《ぜい》が尽くされている。そこには多くの使用人がいた。

「なんてことだ……！　フローラに瓜《うり》二つじゃないか……！」

はじめて顔を合わせた公爵は上品な紳士だった。長身で、美しい容貌をしており、聞いていた年齢より若々しかった。公爵は感極まったように、震える声で呟《つぶや》く。

「フローラが幼かった頃を思い出す……」

公爵は涙を流して、リアを抱きしめた。

（え——）

ふいの抱擁にリアは硬直してしまった。

「フローラは間に合わなかったが……君を引き取ることができて幸いだった。名は」

腕を解き、じっとこちらに視線を注ぐ公爵に、リアはおずおずと答えた。

「リアです」

公爵は頷《うなず》いて微笑《ほほえ》む。

「良い名だ。君は今日からこの屋敷で暮らすのだ」

聞かされていたことだったので、リアは挨拶をした。

「どうぞよろしくお願いします、公爵様」

リアは両親から基本的な礼儀作法は教わっていた。

「なんと他人行儀な！」

（え？）

公爵はショックを受けたように眉を曇らせる。何かいけなかっただろうか。

「君は私の娘となるのだ。どうかお父様と呼んでくれ」

「娘……」

「そうだ」

びっくりするリアの髪を公爵は優しく撫《な》でる。

「私の実子は残念ながら息子ばかりなのだよ。妻は随分前に亡くなってしまって、今から子を授かることもできない。君が私の娘となってくれれば、これほど嬉《うれ》しく幸せなことはないのだよ」

この家に引き取られるというのは、養女になるということだったのだ。それが父の遺志だった。

リアに断る選択肢はない。

「わかりました。……お父様」

リアの母は公爵の妹で、公爵はリアにとって伯父にあたる。顔立ちや雰囲気がどことなく母と血の繋《つな》がりを感じさせ、親しみを覚えた。公爵は満足そうに笑んだあと、低く独《ひと》り言《ご》つ。

「……しかし全く……あの忌々しい男がフローラを攫《さら》ったりしなければ、フローラは早逝しなかっただろうし、もっと早くに君にも会えたものを……」

（ひょっとして……忌々しい男って、父様のこと？）

そう思い至り、リアはずきんと鋭い痛みを胸に覚えた。

「ああ、君の実父にあたるのだな、すまない」

リアの表情が陰ったのを見て、公爵は慌てて謝った。

「だが彼はね……私の最愛の妹を連れて突如姿を消してしまったのだ……！　帝国中に人をやって、何年も捜させたが見つからず、私も辛《つら》い日々を送った」

「……申し訳ありませんでした。お父様」

リアの両親は幼い頃から想い合っていた。意に沿わない結婚をさせられそうな母を、父は攫って逃げたのだ。それは父だけではなく、母自身が望んだことで二人は愛し合い幸せに暮らしていた。

リアは公爵の言葉に哀しい思いをしたが、心を押し殺して謝罪する。

それがこの家の養女となるということだと、無意識に理解していた。

「君が謝ることではない」

公爵は横に視線を流す。そこにはリアをここに連れてきたコンラートが控えていた。

「手紙に書かれてあった少年については？」

「はい。あとはクルム侯爵家による確認のみです」

少年というのはイザークのことだろう。しかしクルム侯爵家による確認とはなんだろう？

「では判明次第、報告を」

「かしこまりました」

「あと、この部屋にオスカーとカミルを呼んでくれるか」

「ただちに」

コンラートが退室し、それからすぐさま二人の少年が部屋にやってきた。

リアと同じくらいの年齢で、とても美しい少年たちだった。彼らは入室して、しばし動きを止めた。

「え……!?」

「嘘《うそ》でしょ……!?」

公爵は機嫌よく、二人の少年に説明する。

「おまえたちに、話しただろう。新しい家族となるリアだ」

「……妹になる少女……」

「可愛《かわい》い……！」

彼らは非常に驚いていたけれど、リアを凝視しながらこちらに近づいてきて、目の前で立ち止まった。リアが緊張と恥ずかしさで固まれば、公爵が苦い笑みを浮かべた。

「リア、これが私の息子たち。右がオスカーだ。君より一つ上の九歳、君の兄になる」

公爵は背の高いほうの少年の肩に手を置いた。少年はリアを食い入るように見、手を差し出した。

「はじめまして、リア……！　これからよろしく」

微笑むその姿は貴公子然としている。アッシュブロンドの髪、青灰色の瞳に、高い鼻、薄い唇をした美形だ。

「お兄様、これからよろしくお願いします。リアです」

握手を交わすとオスカーはふっと唇を綻ばせた。

「お兄様、とリアに呼ばれるの、すごく嬉しい……」

「ぼくも兄上って、いつも呼んでいるけれど？」

彼の隣でそう呟くのは、プラチナブロンドにライムグリーンの瞳をした少年だ。こちらも美少年である。

「カミルだ。七歳でリアの一つ下、君の弟になる」

カミルははにかみながら、口を開いた。

「はじめまして、姉上。これからよろしくね」

「カミル様、はじめまして。よろしくお願いします」

握手をすると、カミルはくすっと笑みを零《こぼ》した。

「様、なんてつけないで。ぼくたちは姉弟《きょうだい》になったんだもの。ぼくのことはカミルって呼び捨てでいいよ」

「そうだ、リア。弟になるのだから」

公爵が言い、カミルはリアの手を両手で握りしめた。

「ぼく、姉上と早く打ち解けたい。いっぱい一緒に過ごそうね！」

純粋な目で見つめられて、リアは戸惑いつつも頷いた。オスカーがカミルの手を掴《つか》んで、ぐいっと離させる。

「いつまで握っているんだ、カミル。リアが困っているじゃないか。リア、私を本当の兄だと思って接してくれるかい。私も実の兄として接するから」

リアは一人っ子だったので、二人の優しい兄弟ができて嬉しかった。

「はい」

◇◇◇◇◇

母に似ているリアを公爵は大切にしてくれた。公爵は今でも母を深く愛しているが、父のことはよく思っていない。

リアの父方の亡き祖父は家令で、公爵に代わって、アーレンス家の家事全般の管理、経理業務、使用人の統括等を行っていた。父は執事だった。上流階級出身ではあるが公爵令嬢とは身分の違いがある。当時母には婚約者がいて、それはなんと現皇帝だった。次期皇妃になるといわれていた母を父が攫って逃げたのだ。屋敷にきて事情を知ったリアは驚愕《きょうがく》し、たじろいだ。公爵は父のことを憎んでいる。

リアはそれを辛く感じたが気持ちを懸命に堪《こら》えた。公爵が母を本当に愛していたのもわかったから。

――そして帝都に共にやってきたイザークは、侯爵家に引き取られた。彼はクルム侯爵の息子だったのだ。イザークの母は昔、侯爵家でメイドをしており、侯爵の子を宿したあと姿を消した。

リアの両親は、イザークの母からそういった話を聞いていたらしい。

父がアーレンス公爵家に送った手紙に、イザークの事情も記していた。侯爵家でも行方知れずになったメイドを捜しており、男の子供がいなかったクルム侯爵はイザークが見つかったことに歓喜し、アーレンス公爵家に感謝の意を示した。イザークの外見はクルム侯爵と似ていて血の繋がりは疑いようがなかったらしく、イザークは正式に跡取りとして認められた。

互いの家に引き取られてから、イザークと会えていない。手紙でやりとりはしているものの、会って話をしたかった。今、リアもイザークも朝から晩まで、何人もの教師を付けられていて時間がないのだ。絵画、音楽、発声練習、舞踏など淑女のたしなみのほか、外国語、歴史、数学等々、一時間刻みでリアのスケジュールはみっちり詰まっている。母の気持ちが身に染みてわかった。

(母様、教師から逃げ出したと言っていたけれど……きっと私以上に大変だったんだわ……当時の皇太子と婚約していたのだし)

八年間、両親から様々なことを楽しく学んでいたが、今は公爵家の人間として恥ずかしくないよう教育を受ける状況に陥っており、少々疲れを覚えていた。

勉強の合間、リアは庭に出た。広々した庭園の一画に薔薇園《ばらえん》があるのだ。

「ここで父様と母様も、一緒に過ごしたことあるかな……」

リアは母が好きだった美しい花々を眺める。

この屋敷で二人とも暮らしていたのだ。きっとここで語り合ったこともあったのだろう。

父は花の手入れが上手だった。リアは父の作った花壇の傍《そば》で、パウルに求婚されたことを思い出す。

(会いたい……父様、母様、そしてパウルに……)

記憶が胸に押し寄せて、すべての音が遠ざかった。俯《うつむ》き、感傷的になっていると後ろで声が響いた。

「リアは薔薇が好きなのかい?」

振り返るとオスカーが立っていた。

「お兄様」

彼は上品な笑みを浮かべ薔薇を手折り、リアの髪に挿した。

「私の妹は、薔薇の精のように愛らしい」

公爵もカミルもなのだが、オスカーも照れることなくリアを褒め上げる。リアは恥ずかしくなってしまうが、彼らは息をするように言葉にするのだ。家族でも子供でも、女性を褒めるのが貴族の流儀なのだろう。

「私には今まで弟しかいなかったからね。リアが来てくれて、家の中が華やかになって嬉しい」

リアはオスカーを仰いだ。

「そう言っていただけて、とてもありがたいです」

受け入れてもらえていると感じ、心があたたまる。

「何しているの、兄上、姉上？」

柔らかな声が響き、こちらに歩み寄ってきたのはカミルだった。彼は拗《す》ねたように頬を膨らます。

「二人だけで話してズルいよね。ぼくも姉上と仲良くしたいのにさ」

「なら、おまえも一緒に話せばいいじゃないか」

オスカーは低く言って嘆息し、リアに眼差《まなざ》しを戻した。

「リアは私たちが浮かれていると、呆《あき》れているかい？」

リアは首を左右に振った。

「呆れてなんていませんわ」

「では私たちが歓迎しているとわかってくれている？」

「はい」

オスカーもカミルも、本当の兄弟、それ以上にとてもよくしてくれている。

「私、幸せです、お兄様」

昔を思い出し、悲しくなったりするし、家庭教師に授業を受けるのは大変だけれど、屋敷の皆は優しいので助かっている。兄弟はリアを何のてらいもなく褒めるので、正直戸惑うのだけれど。

（でも慣れなきゃいけないのよね、きっと……）

オスカーはリアの髪をそっと撫でた。

「リアが新しい環境のなかで日々頑張っているのはわかっているよ。私もカミルも応援しているからね」

「ぼくらになんでも相談して」

ありがたかったけど、どうしてこれほど受け入れてくれるのだろうと謎にも感じた。

いとこではあるが、リアがこの屋敷に引き取られた最初から、彼らは打ち解けて接してくれていた。

「どうして、そんなに優しくしてくださるのでしょう」

「不思議かい？」

疑問だったのでリアは素直に認めた。

「はい……」

オスカーは微笑を広げる。

「当惑させていたなら悪かった。実は私も弟も、はじめてリアに会ったという感じがしないんだ」

「え？」

リアが瞬《またた》くと、カミルが説明してくれた。

「叔母上の肖像画が、屋敷に飾られているの。それがちょうど今の姉上くらいでそっくりだから、はじめて会った気がしないの」

（そうだったんだ……）

しかし母の肖像画があるなら、ぜひとも見てみたかった。

「見てみるかい？　何枚かあるが」

リアは勢いよく返事した。

「はい！」

「おいで」

彼らに連れられてリアは屋敷内に入った。一階の廊下奥に樫《かし》の扉があり、そこをオスカーが開けると奥行きのある室内が目に映った。中には多くの肖像画が飾られていた。

オスカーはリアの肩を抱いて移動し、ひと際大きな絵の前で止まった。

「この絵だ。ちょうど今のリアくらいの年齢だと思うよ」

リアは目をじわりと見開く。腰までの長さの髪で、可憐《かれん》なリボン飾りをつけていて、袖が膨らんだ清楚《せいそ》な白のドレスを着ている肖像画の少女は、リアと瓜二つだった。

「叔母上はとても綺麗《きれい》だ」

傍にあった絵に近づき、オスカーが言う。それは華やかなプリンセスラインのドレスに、ダイヤの耳飾りと首飾りをつけ、お姫様のように美しい母だった。リアの知る母は、これほど着飾ってはいなかったが可憐で美しかった。年頃の母の絵を見ると、まるで目の前に母がいるようで胸が詰まった。

「……私も、母様みたいな大人になりたいな……」

子供の頃の姿は似ているが、母のような大人になれるだろうか。ぽつりと呟くと、オスカーもカミルも笑い声を立てた。

「今でもとても可愛いが」

「うん。とっても可愛い。それに大人になったら絶世の美女になる」

彼らはとにかく口が上手だし、実の兄弟のように思ってくれているから、贔屓目《ひいきめ》になっているのだろう。両親と暮らした幸せとは比べることはできないが、優しい人たちと家族になれ、リアは心から感謝を覚えていた。死の間際、リアのことを心配して父は公爵家に文をしたためたのだろう。

天国の両親にも安心してもらえるよう、リアは彼らと本当の家族になろうと決意した。

◇◇◇◇◇

一年経《た》って、リアは九歳となった。公爵家での生活にも大分馴染《なじ》み、亡き両親や、公爵家に恥をかかせないよう、毎日家庭教師の授業を真面目に受けている。

今日は久々の休日だったので、クルム侯爵家へ馬車で訪れた。侯爵家に引き取られたイザークと文通しつつ、時間を見つけて互いの家を行き来している。

有力貴族であるクルム侯爵家も豪邸で、美しい庭園に通されたリアはイザークに笑顔で迎えられた。

「リア」

リアはイザークを見、思わず啞然《あぜん》としてしまう。

「また身長伸びた？」

「少しな」

「会うたびに高くなってるわ……」

それに生まれたときから侯爵家で育ったかのような貴公子になった。二人で会うときは昔のまま飾らないけれど、なんだか置いていかれそうで焦りを覚える。村ではいつも一緒に遊んでいたのに。

「リアも身長伸びただろ？」

「イザークほどじゃないもの。羨ましいわ」

リアは彼と広い庭を歩き、設《しつら》えられた椅子に座って、他愛《たわい》のない話をして過ごした。

「公爵家での生活は慣れた？」

「うん。最初の頃と比べると。イザークは？」

「俺も。使用人がたくさんいて、身の回りのことはしてもらえて……それが逆に疲れたりするんだけどさ」

「そうね……」

村でのような自由がない。気持ちを共有する二人は同時に溜息《ためいき》をついた。

「リアの両親から学んでいたことが、今とても役立ってる。言葉遣いとかも教わってたから」

リアもそうで、あのときは遊びの延長だったけれど、本当に糧になっている。両親と過ごした日々が恋しかった。

リア同様、村でのことを思い出したイザークは視線を空に向け、遠くを見るように目を細めた。

「帝都から大分離れてるし今は無理だけど、大人になったらまたシュレ村に行こう」

「ええ」

心にぽっかり空いてしまった穴は、同じ思いを経験したイザークといる間は塞がる気がした。

公爵も兄も弟も優しいが、幼馴染《おさなな じ》みのイザークといるときがリアは昔のまま自然体でいられて、最も心が安らぐのだった。

「そうだ、私、今度皇宮に行くことになったの」

「え、皇宮に？」

「皇帝陛下にお目にかかるって、今朝お父様に言われて」

イザークはびっくりしたように両眉を上げた。

「えっと……皇帝陛下とリアのお母さんって、婚約してたんじゃなかったっけ……？」

「そう……」

だからリアとしては否《いや》が応《おう》でも緊張が増すのである。

「ま、リアが生まれるよりも前のことなんだし……気にすることはないさ。君は肝が据わってるし、今はもうレディだ」

イザークは自分の顎を摘まむ。

「けど初めての拝謁……社交界デビューにはまだ早いよな」

リアはテーブルの上で指を動かす。

「今度のは非公式なものみたい。礼儀作法の先生には社交界に出たとき困らないようにって、それは厳しく注意されていて。陛下の前で失礼なことしてしまったらどうしよう」

「俺も教師によく叱られるけどさ。君なら大丈夫だ」

そのとき高くて甘い声が響いた。

「イザークお兄様！」

こちらに駆けてくるのは彼の腹違いの妹で、リアと同い年のメラニー・クルムだった。

「メラニー」

メラニーはストロベリーブロンドの髪に、白い肌、ブラウンの瞳、小さな鼻、ぷっくりした唇の可愛らしい少女だ。彼女はちらっとリアに視線をよこした。

「楽しそうですね。わたしもご一緒してもいいですか、リア様？」

「ええ、もちろんです」

リアが答えるとメラニーはイザークの横の椅子に、ちょこんと腰を下ろした。

メラニーは、まろやかな茶の瞳で観察するようにリアを見る。

「オスカー様やカミル様と、いとこなんですよねえ？」

「はい」

彼女はぼそっと言う。

「いつも思うけど似ていない。お二人はとっても魅力的なのに……」

リアが二人と似ていないのは事実で、オスカーとカミルに魅力があるのもそのとおりである。

メラニーはイザークの手を取った。

「リア様って気が強そうな顔立ちだし。性格もそうなのでは？　イザークお兄様？」

「え？　ああ、リアは強いけど……」

「やっぱり！　ね、イザークお兄様、この間ね……」

それからメラニーはイザークに積極的に話しかけて、リアをほぼいないものとして扱った。

前から感じていることだが、リアをよく思っていないらしい。彼女に何かした覚えはないのだが。

(彼女が異母兄のイザークを慕っているからかしら……)

昔から彼を知るリアのことが目障りなのかもしれない。

しばらく二人と過ごしたあと、リアは帰り支度をした。

「メラニーが、ごめん、リア」

「気にしていないわ」

いつものことで慣れた。

「さっきの、俺はリアは芯が強いって、可愛いって言おうと思って――」

彼は横を向いて、小さく呟く。

「え？」

彼はくしゃくしゃっと自分の髪をかきあげた。

「いや。っていうかあまり話ができなかったし、来週は俺がそっちに行ってもいいか？」

「うん」

リアもイザークと話したかったので首を縦に振る。

イザークに手を振って、リアは馬車に乗り、クルム侯爵邸を後にした。

◇◇◇◇◇

「話があるんだ。私の部屋に来てくれるかい、リア」

ある日、リアは昼食後に、オスカーにそう呼び止められた。

「わかりました」

普段とは違って真剣な表情だが、どうしたのだろうか。次の授業までまだ時間があったので、リアは兄についていった。兄の部屋はシックにまとめられていて上品だ。

「座って」

オスカーに勧められ、白の長椅子に腰を下ろす。

「お兄様、お話って？」

リアが尋ねると、兄は膝の上で手を組み合わせた。

「突然なんだが……リア、私と結婚しないか？」

リアは目を丸くしてぱちぱちと瞬いた。

「え？　誰と誰がです？」

オスカーは穏やかに告げた。

「私とリアだが」

「……お兄様と……？」

リアがぽかんとすると、兄は重く首肯する。

「そうだ。私たちは兄妹となったね」

「はい」

兄妹だ。兄妹で結婚はできないし、兄は冗談を言っているのだとリアは理解した。

「私はリアのことを妹だと思っている。けれど本来、祖父母を同じとする、いとこ同士という関係だ」

真面目でしっかり者なのに。

（冗談もおっしゃるんだわ）

ふふっとリアは吹き出した。オスカーは長い指を組み直す。

「私たちはまだ子供だし、今すぐというわけではない。だが遠くない将来、私と結婚してくれないか」

リアは肩を竦《すく》めた。

「私、幼馴染みから呆れられてしまうほど、おてんばなんですよ。そんな私に求婚してくれるのは、きっとお兄様くらいですわ」

（……パウルは冗談じゃなかった。真面目に言ってくれた）

パウルに求婚されたとき、とても幸せな気持ちになったことを思い出してリアの胸は切なく痛んだ。

「いや、いずれリアには求婚が殺到する。私は冗談で言っているんじゃないんだ」

オスカーは先程からにっこり微笑んでいるし、冗談としか思えない。

「ふふふ、お兄様。私そろそろ授業が始まりますので、失礼しますね」

兄の冗談にずっと付き合っているわけにもいかないのだ。席を立とうとすると、オスカーがリアにもう一度言った。

「私と結婚したいとは思ってはくれないのかい？」

「お兄様に求婚されたら嬉しいです。お兄様は素敵ですもの。けれど令嬢方に嫉妬されるのは怖いですわ」

オスカーとカミルは帝都中の令嬢に大人気なのである。お茶会で年頃の少女たちと話をすれば、年下も同い年も年上も、二人のことを熱心に尋ねてくる。皆、将来の結婚相手として彼らを最高と考えているのだ。オスカーは名門アーレンス公爵家の次期当主。現公爵は侯爵位ももっているため、弟のカミルは侯爵位を継ぐことになる。二人とも容姿や性格も良い。

理想的な結婚相手だから、令嬢もその親たちも彼らに夢中だった。

たとえ兄弟でなくともリアの心にはパウルが焼き付いていて、他のひとには惹《ひ》かれない。

リアは兄の部屋から退室した。

◇◇◇◇◇

数日後、公爵に連れられて皇宮へ赴いた。

皇宮は周囲に高い城壁を巡らせた、小高い丘の中腹にあり、川や湖を臨める。彫刻群が並ぶ美しく見事な庭園の先に城館が幾つもあって、どれも見惚《みと》れるほど優美で荘厳だった。

(でもどうして、私が皇帝陛下と)

話があると言われただけで、公爵も詳しい内容については聞いていないらしい。リアは不可解に感じていた。宮殿の磨き抜かれた大廊下を渡っていると緊張し、疑問がさらに膨れ上がってくる。

近衛兵《このえへい》に案内されて、謁見の間の前まで辿《たど》り着いた。扉の脇に詰めていた衛兵が二人がかりでそれを開ける。リアは公爵と共に足を踏み入れて、もう一つの扉を抜けた。

丸天井から大きなシャンデリアが下がり、床に赤い絨毯《じゅうたん》が敷かれ、国旗の掲げられた室内を奥へ進めば、階段の先の椅子に皇帝が掛けていた。金銀の刺繍《ししゅう》の入った天蓋のカーテンから覗《のぞ》く皇帝は、金色の髪にブルーの瞳をした若々しい容貌の人物だった。皇帝に拝謁し、公爵はリアを紹介する。

「驚いた」

皇帝は呟き、信じられないといったように喉に触れ、首を振った。

「そっくりではないか。あの頃に戻ったようだ……」

「ええ、陛下。私も妹を思い出します」

「彼女にはじめて会ったのは、ちょうどこの娘くらいの歳だった」

皇帝は瞠目《どうもく》し、じっとリアを正視する。リアはなんとか笑顔を保ったが、内心はひやひやしていた。

昔のこととはいえ、自分は皇帝にとって、ひょっとして許せない存在なのでは？　足元にすうっと血が下がっていく。

（ど、どうしよう……）

うろたえるリアを、皇帝は長く無言で眺め、ようやく声を発した。

「ローレンツ。この娘をすぐに案内しろ」

「は」

後方にいた近衛兵は短く答え、リアの前まで歩みを進めた。

「ご案内いたします、お嬢様。どうぞこちらに」

「え……」

一体どこに案内されるのだろうか。リアは心細くなり、公爵を仰いだ。

「お父様」

公爵も戸惑いの表情を浮かべる。

「──陛下、私も娘に付き添っても？」

「いや。おまえには話がある。残れ」

「……承知しました」

動揺する公爵と視線を合わせたあとリアは一人、近衛兵に連れられて謁見の間を出ることになってしまった。

（……どこに連れていかれるの……？）

……もしかして……。許せない娘だ！　と牢《ろう》に捕らえられてしまうのでは。そんな危惧を抱き、冷たい汗が滲《にじ》んだ。近衛兵は先程リアが通った大廊下とは違う、庭園に延びる廊下を進む。

後ろを歩くリアを気にかけながら、彼は柔らかく声をかけてきた。

「そう緊張なさらずとも大丈夫ですよ？」

まだ年若い近衛兵は、リアに明るい笑顔を向ける。

「誰もあなたをとって食ったりしませんからね」

逞《たくま》しい体つきをしていて、赤褐色の髪に、グレーの瞳。

清潔感があり、その爽やかな笑顔を見ていると心が落ち着く。

「ありがとうございます」

気遣ってくれた近衛兵に頭を下げて礼を言うと、彼は笑みを深めた。

「いいえ。私はローレンツ・フューラーと申します。あなたはアーレンス公爵家のご令嬢、リア様ですね」

「はい。よろしくお願いします。私は養女なのですが」

彼は立ち止まり、リアと目線を同じにして、そっと告げた。

「アーレンス公爵の妹君のお嬢様ですね。存じております。ですが皇宮においては、そのことは口になさらないほうが良いかもしれませんね。皇帝陛下とのこともございますから」

親切に忠告してくれたローレンツに、リアは素直に頷いた。

（そうね。私はなんて迂闊《うかつ》だったのかしら。この皇宮に来てしまったこと自体そうだし。このまま牢に入れられてしまうのかも。そうなら全力で逃げなきゃ！）

リアは以前から身体《からだ》を鍛えていて、現在も教師の一人からは護身術を学んでいる。公爵は必要ないと言ったが、頼んでつけてもらった。昔、村で指導を受けたヨハンから人生何が起きるかわからないし、身を守る術を体得することは必要で大切だと聞いた。リアは『闇』寄り。身体が弱くなりがちなので体力をつけるためにも良いだろうと、公爵は納得してくれたのだ。その鍛錬が今こそ役に立つ！

捕らえられたり、殺されたりしないよう、走って逃げる心構えをし、周りを見回し逃走経路を考えた。闇魔力を使えばおそらく逃げられるが、両親と使わないと約束した。公爵家の皆もリアのことを『風』術者の『闇』寄りだと思っている。『闇』術者として覚醒していることは誰にも知られていない。

渡り廊下を通って、傍らに巨大な噴水がある場所でローレンツは立ち止まった。

「それではこちらでお待ちいただけますか」

「――はい……」

設えられたテーブルにつくよう言われ、リアはおずおずと腰を下ろした。

（一体、これから何がはじまろうとしているの……？）

ここが引き渡しの場所で、これから牢へ直行？

すこぶる不安で、立っていたら倒れてしまっていただろう。

少ししてテーブルに茶菓子が並べられ、リアの前と、向かいの席にティーカップが置かれた。

（……誰かもう一人来るの？）

「君がそうか」

突如声がして、びくっとして横を見れば、細かな刺繍の入った白の衣装を身につけた少年がいた。

金色の髪に、セルリアンブルーの双眸《そうぼう》、品のある通った鼻梁《びりょう》、甘やかな感じの唇。

リアは目を見開き、椅子から立ち上がった。そこにいたのは初恋の相手だった。

けれど……パウルは亡くなったはず。

「あなた、生きていたの……」

感激で涙が滲みそうになると、彼は訝《いぶか》しげに眉をひそめた。

「は？　何を言っている？　誰がいつ死んだ」

彼は優雅に椅子に腰を下ろし、足を組んだ。

「ここに呼ばれたということは、君が父のお眼鏡にかなったということだ。今までよりもやけに早い。君はアーレンス公爵家の養女だろう？　あの家系は美形が多いときくが」

そう言って、彼は冷ややかな視線をリアに向ける。まるではじめて会ったかのような態度で、リアは困惑した。

「……私がわからないの？」

「？　君は何を言っているんだ、さっきから」

彼は胡乱《うろん》に目を眇《すが》めた。

「オレを見下ろしながら話すとは良い度胸だ。さっさと座らないか」

リアは慌てて椅子に座り直した。

「どうしてあなたがここに……」

「父に命じられたからだ」

彼はテーブル上の、繊細な作りのカップを手に取り、口に運んだ。

「変わった女のようだが、どこが父に気に入られた。外見か」

検分するように見られてリアは唇を結ぶ。

（そっくりだけれど……パウルじゃないの……？）

「……あなたは……」

少年は皮肉な笑みを口元に湛《たた》える。

「オレに先に名乗れと言うのか？　本当におかしな女だ」

彼は椅子の背に片手を置いて、呆れたように溜息をつく。

「オレはジークハルト・ギールッツ」

（ジークハルト・ギールッツ……⁉）

リアは唖然と彼に視線を返す。皇太子殿下の名だった。

「自分は名乗る気はないのか？」

リアは息を詰め動作を止める。パウルだったら、リアをわからないはずがない。彼は別人なのだった。世の中には三人はそっくりな人間がいるというが。

「……失礼いたしました。……リア・アーレンスと申します……」

しかしあまりにも似ているため、どうしても尋ねずにいられなかった。

「あの……ずっとこの皇宮でお暮らしですか？」

彼は目を細め、集中してリアを眺め、冷笑する。

「なぜそんなことが気になる？　生まれたときからここで暮らしている。オレが帝都を離れたことは、父の視察に同行した以外ではないが」

彼は少し離れた場所に控えていた近衛兵のローレンツに声をかける。

「それに間違いはないな」

ローレンツはすぐに同意した。

「はい。殿下」

なんだ、とリアは内心ひどくがっかりした。

(彼は……本当に別人なんだ……)

「で、なぜ、そんなことを？」

リアは一瞬喜んでしまった分、大きなショックを受けてしまい、消沈しながら答えた。

「……私は八歳まで村で育ちました。帝国の西にあるシュレ村です。殿下の幼い頃はどうだったのかと思いまして……」

彼は口角の右側を持ち上げた。

「君は公爵の妹が駆け落ちして生まれた子らしいな？　……ああ、それが父が君をここに寄越した一番の理由だな。結婚したかった令嬢の娘と自分の息子を、と思ったのか」

「え……」

彼は一人納得し、苦く笑う。

「どうせ父は君を第一候補にしているに違いない。オレも今後、何度も同じことをさせられるのは面倒だし御免だ。リア・アーレンス。君で構わない。父にそう伝えるんだ。わかったな」

(……)

彼は一方的に告げれば、身を翻して風のように去っていった。ぼんやりとその背を見送る。後ろ姿もやはり似ていた。髪は長く、あの頃のパウルよりも身長は高いけれど。

すると控えていたローレンツが、リアの傍に寄り興奮した様子で、喉に力を入れた。

「おめでとうございます、リア様！」

「え？」

何に対して祝われているのだろうかと、リアはぽかんとしてしまう。

「陛下にご報告ください」

「は、はい」

何が何だかわからないが、とにかくこれで用事が終わったようだ。ローレンツに引き連れられて謁見の間へと戻れば、皇帝と公爵がこちらを注視した。

「どうだった。ジークハルトはなんと？」

「殿下はリア様をお気に召したご様子で、彼女をお選びになると！」

ローレンツの言葉にリアは眉を寄せる。

(殿下が私を気に入っているようには、全く見えなかったわ)

「そうか」

皇帝は鷹揚《おうよう》に頷いた。

「では決まりだ。リア・アーレンスをジークハルトの婚約者とする」

(――え……？　殿下の婚約者？)

顎を落としそうになるリアに皇帝は続けた。

「今まで何人かジークハルトの花嫁候補がいたが、あれはどれも首を横に振った。おまえだけだ、縦に振らせたのはな」

リアは非常に焦った。

「殿下はすぐに席を立たれたのです。私を気に入ったというふうではありませんでした」

「あれはおまえに何と言ったのだ？」

リアは最後、彼が皇帝に伝えるように言った言葉を思い出して口にする。

「……私で構わない、と。でもそれは――」

皇帝はふっと笑った。

「おまえを気に入ったということだ」

「いいえ、そうではないのです！」

しかし聞き入れてもらえず、突如ジークハルトと婚約することが内々で決まったのだった。

混乱を極めていると、馬車の中で公爵が深く息を吐き出した。

「まさかフローラに続いてリアまでが、皇太子の婚約者となるとは……」

母は以前、皇太子――現皇帝の婚約者だった。リアは精巧なレースで飾られたドレスのスカートをきゅっと掴む。

「とんでもない誤解なのです。陛下にも申し上げましたが殿下が私を気に入ったわけではないのです」

皇太子との婚約後、駆け落ちしたリアの母のことを思い返しているのだろう、公爵は暗い顔つきだ。

「……私としてはオスカーとリアの結婚を考えていたんだ」

「お兄様とですか？」

「ああ。オスカーには話していたのだよ。あいつは了承していた」

そういえば――そんな話をオスカーからされた。

（あれは……冗談ではなかったの？）

「リアがオスカーと結婚してくれれば、私も安心だったのだが……」

進退窮まったように公爵は頭を抱える。

「フローラが逃げ出したお相手の子息だ……。皇太子は、以前は病弱で今は快復されたときくが、傲慢らしいし心配だ……」

（パウルととても似ていたけれど性格は違う……）

「きっと婚約の話はなかったことになります、お父様」

ジークハルトはどうでもいいという感じだったし、リアは彼に気に入られてなどいなかった。

「ならいいが。リアとオスカーに幸せになってもらいたいからな」

オスカーとの結婚も考えられない。屋敷に引き取られてから、リアはオスカーを実の兄のように見てきた。オスカーも公爵に言われて仕方なく了承したに違いない。

夕食の席で公爵が今日のことをオスカーとカミルに話せば、不快げにオスカーの眉間に皺《しわ》が寄った。

「リアと殿下が婚約？」

「ああ、今日内々に決まったのだ」

「姉上が、叔母上の以前の立場と同じになるわけですか？」

カミルはぱちぱちと瞬き、リアをちらっと見る。

「今日、皇宮に行ったのはそれでだったのですか？　殿下にお目にかかり婚約することに？」

「そうだ」

公爵が力なく認め、リアは馬車の中でも話したことを繰り返す。

「このお話はきっと流れます、お父様。殿下は投げやりでしたもの。正式に婚約が決まることはありませんわ」

「ははっ」

カミルは口元に指を置いて軽い笑い声を立てる。

「もし今回も婚約が流れたら、皇家との間にもっと確執を生みませんか？　そうなったら、ちょっと面白いかもしれませんね」

「不謹慎だぞ、カミル」

オスカーがカミルを諫《いさ》めると、カミルは唇を尖《とが》らせた。

「殿下との婚約から逃げたくなったら、ぼくが姉上を攫ってあげるから問題も心配もないし」

オスカーはどうしようもないといったように、カミルを睨《にら》んだあと、リアに視線を向ける。

「正式に決まることはないと言い切れるのかい？」

「ええ、お兄様。そんなことになりませんわ」

リアはそう思っていたが、その後すぐにリアとジークハルトとの婚約は正式に決まった。

第三章　二人で過ごす時間

リアはなぜ婚約となったのか、まるでわからなかった。

再度、皇宮の美麗な庭園でジークハルトと会うことになった。

そよ風が花々の香りを運ぶなか、ほぼ無言で過ごし、紅茶を飲み干すと彼は帰っていった。二度目の面会はそれで終わって、碌《ろく》に話などしていない。

やはり彼はリアを気に入っていないのだ。

(なのにどうして、婚約を？)

深い謎だった。ジークハルトはパウルと似ているので、リアとしては複雑であった。パウルの面影がよぎり、胸が疼《うず》く。

たとえ無言が続いても構わない。彼といると、懐かしさと嬉《うれ》しさと悲しさの感情が混じる。

公爵家に迷惑をかけることは絶対にしたくなかった。

彼との婚約が決まったからには、それを受け入れるつもりだ。

三度目の面会は数日後だった。前回と同じ場所で同様に二人でお茶をし、彼は飲み終わると立ち上がろうとしたのでリアは声をかけた。

「殿下」

彼は不機嫌に動きを止め、椅子に腰を戻した。

「なんだ」

リアはずっと気になっていたことを思い切って尋ねてみる。

「どうして私と婚約をなさったのですか？」

先日は訊《き》けなかったが今回は訊こうと心に決めてきたのである。ジークハルトは気だるげに瞬《またた》いた。

「どうして？　すでに話してあるだろう」

（いつかしら……？）

リアは少し思い巡らせてみたが見当がつかなかった。

「話していただいた覚えがないのですが……」

「最初に言ったじゃないか」

「申し訳ありません。どうかお教えいただけますか？」

リアが頼んでみると、彼は髪を片手でかきあげた。

「面倒、だからだ」

リアは聞き間違いかと一瞬思う。

「……面倒？」

「ああ。今日は覚えて帰ってくれるか」

「……はい」

彼は足を組み、端的に説明した。

「オレは今まで数多くの婚約者候補と日常的に会ってきた。だがオレには皆違いがなく見える。誰一人として印象に残らなかったのだ。誰も彼も皇太子であるオレに諂《へつら》い、オレの言動に怯《おび》える。そういった人間にうんざりしている。今後も同じことを繰り返すのはもう御免だ。それで君に決めた。面倒だから。以上だ、わかったか？」

やれやれと馬鹿《ばか》にするような目で見られ、リアは非常にむっとしてしまう。

「そんなことで結婚相手を選ばれたのですか？」

「どういう理由で決めようが、オレの勝手だろう」

「けれど大切なことだと思いますわ。一生のことですもの。殿下は私を結婚相手に決めてしまわれて本当によろしいのですか」

そんな理由でなんて、リアの理解を超えていた。

「誰と結婚しようが同じだ。大して変わりはしない」

彼はフンと横を向く。王侯貴族の婚姻は制約が多く、自由にできるものではない。だから彼は自棄《じき》になっているのだろうか。

「なんだ？　文句でもあるわけか」

「……文句などございません」

「しかし何か言いたげだ」

彼はテーブルに手を置き、リアに視線を流す。

「言いたいことがあるのなら、さっさと言えばいい」

冷々たる眼差《まなざ》しや威圧感のある態度、そっけなさはパウルと全然違うのに、彼を見ているとパウルの面影がよぎって仕方ない。姿が似ている彼を前にし、きゅっと切なく胸が締め付けられる。

「私の両親は愛しあっていて、幸せそうでしたから……」

リアは元々、結婚は愛する相手とするものだと思っていた。だが公爵家の養女となってからは、それは不可能だと覚悟した。公爵家の人間として、家の利益となる相手と婚姻を結ぶことになると頭で理解はしている。ジークハルトとの婚約に対して異議を唱える気も逆らう気もない。

だが感情はあって、それをついつい口にしてしまった。

「好きな相手と結婚するのが一番だと思うのですが」

「好きな相手……？」

「はい」

ジークハルトは唖然《あぜん》と目を見開いたあと、肩を揺らして笑った。リアが心配してしまうくらい長い間。

「ははは！　これはいい」

「…………」

リアは、感情をそのまま言葉にしたことを後悔した。笑い続けるジークハルトを前に、彼がおかしくなってしまったのかと徐々に焦りも覚え、青ざめてしまうと、彼はようやく笑いをおさめた。

「君は本当に面白い」

ジークハルトは椅子から立ち上がる。そのまま帰るのかと思ったが、彼はこちらを振り返った。

「来い」

「……はい」

歩き出す彼に、リアは躊躇《ちゅうちょ》したけれどついていく。生け垣で区切られた庭園迷路の中へと彼は入っていき、冷たく辺りに視線を巡らした。

「この場所は母が好きだった場所だ」

手入れが行き届き、緑が輝いていて美しいが、彼は苦々しげに眉を寄せる。

「オレが母に話しかけようとすれば、母はここを出た。母はオレのことを忌み嫌っていたんだ。病で亡くなったが、オレは呪われている、顔も見たくないと母は言い、オレに会おうとしなかった。……両親は愛のない結婚をした。父は君の母親のことが好きだったんだ、逃げられたあともずっと」

彼は立ち止まり、こちらを振り向く。

「君には理解できないだろう。愛し合う両親のもとに生まれ、幸せに育った君には。オレは王族の義務、愛なき結婚で生まれた。父の心は今も昔も君の母親にある。オレの母が亡くなってすぐ、父はオレの婚約者にと君を候補に挙げたよ。自分が好きだった元婚約者の娘を。両親は不仲で、母はオレだけではなく父も避けていた。……母があなったのも仕方ない」

嘲るように喉の奥で笑う彼は、なんだか泣きそうに見えて、リアは彼に手を伸ばした。

「殿下」

彼はリアの手を払いのけ、こちらを鋭く睨《にら》んだ。びくっとリアは背を震わせた。

「女など信じるに値しない。オレは誰も愛さない。心の底から誰とも結婚などしたくない。それでずっと誰のことも選ばなかったのだ」

リアは胸が痛んだ。彼は心に深い傷を抱えている。それを和らげるのが、婚約者である自分の役割かもしれなかった。彼を放っておけない。

「なら、私が女でなければよろしいのですか」

「なんだって？」

リアは姿勢を正して、告げた。

「殿下は今、女は信じるに値しないとおっしゃいました。なら私は、今後男装しますわ！」

本気で言ったのだが、ジークハルトは呆《あき》れたようで、唇の片側を歪《ゆが》めた。

「男装しても女は女だ。それにオレは女だけではなく、人間そのものを信じない」

リアは自分の手を強く握りしめる。

「私たちは婚約したのですし、私は殿下に信用していただきたいですわ」

「誰のことも信じないと、今話した。君はオレの話をちゃんと聞いていないだろう」

ジークハルトは溜息《ためいき》をつき、黄金の長い髪を煩わしそうにかきあげる。

「私、殿下に信頼していただけるよう頑張りますので」

決意を顕《あら》わにするリアを、ジークハルトはまじまじと見、しばし沈黙したあと言葉を発した。

「君は信用ならない人間の中でも、特に変わった者だというのは、よくわかった」

（……え？）

リアは慄いた。ひょっとして最も信用ならない者だと思われてしまったのだろうか……？

色を失くすリアを見て、彼は唇に笑みを湛《たた》え、歩き出した。

◇◇◇◇◇

ジークハルトと会うことはそれから何度かあったが、お茶を飲むだけで無言で去るということはなくなった。彼はどこか珍獣を見るようにリアを眺めている。

「君は甘いものが好物だな」

「え……どうしておわかりになったのでしょう」

びっくりして訊くと、彼は当然とばかりに返した。

「わからないはずがないだろう。君はいつも甘いケーキを美味《おい》しそうに食べているし、頬のあたりが少しふっくらした。甘味を好み、家でもいつも食しているのだろう?」

リアははっと頬に手を添える。

(どうしよう……太った……!?)

そういえば最近ドレスがきつくなったような……? 特に気にしておらず、今まで気づかなかった。

「どうした?」

「私……太ってしまったようですわ」

自己管理のできない人間だと、さらに不信感をもたれてしまうかもしれない。リアは今後甘味を食べ過ぎないようにしようと心に誓う。

「もう食べないのか?」

「はい。今日はもうやめておきます」

フォークを置くが、名残惜しくケーキに視線を落としてしまうと、彼は向かいの席から隣に移動してきた。どうしたのだろう。

リアのフォークを手に取ってケーキを一口大に切り、それをリアの唇まで近づける。

「……殿下？」

リアが戸惑って目を瞬くと、彼は横でリアを眺めた。

「食べたいのなら食べればいい」

「……ですけれど……」

「食べたくないのか？」

甘いものが好きなリアは迷ったけれど、正直に言った。

「……食べたいです……。でも太ってしまいます」

「なぜ太ってはいけないのだ？」

「私は殿下の婚約者です。立場上、太るべきではないと」

「そんな理由なら構わない。気にする必要はない。君は細すぎるくらいだ、もっと太ればいい。健康上問題があればそのときは止める」

「よろしいんですの？」

「ああ。ほら」

リアは口元に運ばれたケーキを口にした。

柔らかなスポンジにしみ込んだブランデー、濃厚なチョコ、フィリングのフレッシュな果実。

（美味しい……！）

皇宮にはすこぶる腕の良い料理人がいるようで、半端なく美味しいのである。最初は緊張して喉を通らなかったのだが、近頃はここで食べるお菓子が楽しみになっている。

彼がフォークで運んでくるケーキをもぐもぐと口し、リアは唇を綻ばせる。

「頬にクリームがついている」

ジークハルトはフォークを置いて、リアに顔を近づけた。

（え――）

彼はリアの頬についていたらしいクリームを唇で取った。ぬくもりを頬に感じて、リアは唖然と彼に視線を返した。

「殿下……」

すぐ傍《そば》にジークハルトの整ったきらきらした顔がある。

「なんだ」

パウルとよく似た綺麗《きれい》なセルリアンブルーの双眸《そうぼう》。

吸い込まれそうで、リアは彼と視線を交わしながら頬を染めた。

「ええと、今……」

「頬についていた。甘いな」

じっと見つめられ、リアは瞳が揺れた。

（パウルと同じ顔に、声……）

まるで彼が生きてそこにいるようで、心臓が壊れそうになる。

しばし至近距離で見つめ合ってしまったが、リアは目を伏せた。

「あの……申し訳ありませんでした。おっしゃっていただければ自分で取ります。ケーキも自分で食べます」

「駄目だ」

彼は即座にそう言い、リアはまごついてしまい彼に問う。

「な、なぜでしょう……」

「君は食べる量を気にしているだろう。このオレが調整してやる」

ジークハルトはそう提案した。

「オレが止めるまではいくら食べてもいい」

「……はい」

「さあ、せっかく君のために、料理人が腕によりをかけて作ったんだ。食べればいい」

「……わかりました」

ジークハルトはリアに手ずから食べさせる。距離が近いので意識してしまったけれど、美味しいケーキを食べているうちに気にならなくなった。

（本当になんて美味しいの……幸せ……）

蕩《とろ》ける思いでケーキを味わっていると、ジークハルトが後ろを向いていた。その背が揺れている。

「？　殿下？　どうなさったのですか？」

首を傾《かし》げて尋ねると、彼は平然と前に向き直った。

「何がだ」

その顔はいつもと同じように、無表情だった。

「次はこれだ」

彼はタルトを切り取って皿に載せ、またリアに食べさせようとする。リアは疑惑の目で彼を見た。

「ひょっとして今、笑ってらっしゃいました？」

彼は否定した。

「違う」

「本当ですか？」

「ああ。ほら、これも君の好きな甘い菓子だぞ」

リアは怪しみながらも美味しいお菓子に抗《あらが》えずそれらを堪能する。ジークハルトは満足げに微笑《ほほえ》む。

「君が美味しそうに食べている姿を見るのは、面白い」

ぽつりと呟《つぶや》かれた言葉を、食べることに集中していたリアは聞きとれずティーカップを手に取った。

「殿下？」

「なんでもない」

彼は口角を引き上げ、首を横に振る。

◇◇◇◇◇

「殿下との婚約が決まったんだな」

「うん。それでこのところ忙しくて」

しばらく会っていなかったイザークが公爵家にやってきた。

応接室のテーブルについて、久しぶりに話をする。ジークハルトと婚約してから家庭教師がさらに増え、皇宮に行くこともあり、今日まで時間がなかなか取れなかったのだ。

「息が詰まらないか？」

「授業がたくさん増えたし、羽を伸ばしたいとは思う」

幼い頃は草原でいっぱい駆けまわることができたのだが。しかし皇宮に行くのは嫌ではない。

ジークハルトが悪い人ではないとわかったし、ふいに見せる笑顔、仕草、眼差しなどは、どきっとするほどパウルと似ている。一緒に過ごしていると時折とてつもなく切なくなるが、そのことについてはイザークに話さなかった。別人だ、話せばさらにパウルを思い出してしまう。

イザークと互いの近況を伝え合っていると、部屋の外がなにやら騒がしくなった。

「なんか、ざわついてる」

「領地に行っていたお父様が、戻ってこられたのかも」

「挨拶しないとな」

（けれど、予定より帰りが随分早いわ）

イザークは窓の外をどこかぼんやりと見ながらリアに問いかける。

「そういえば、リアは君のお父さんみたいな人と結婚したいと言ってたけど、殿下は似てるのか？」

「ううん。父様とは似ていないわ」

実父は穏やかな人だった。ジークハルトには圧倒されるし、少し怖く感じたりもする。だが本当は優しい人ではないかと思う。誰と過ごすより、リアはジークハルトと過ごす時間が好きだった。

（いつも複雑な感情に苛《さいな》まれるんだけど……）

そのとき、扉の傍で低い声が聞こえた。

「何をしているんだ？」

驚いて声のほうを見れば扉が開いていて、ジークハルトの姿が見えた。

(え⁉)

リアは意表を突かれて椅子から立ち上がった。

「ど、どうしてこちらに……⁉」

「その男は誰だ」

「え……パウル……⁉」

イザークは瞠目《どうもく》し、喉の奥から掠《かす》れた声を出した。

「君、生きていたのか……⁉」

ジークハルトはイザークを無視し、リアに視線を当てている。

「リア。この男は誰だと訊いているのだが？」

(どうして、殿下が屋敷に)

リアは困惑しながら、喉を湿し言葉を発した。

「彼は……私の幼馴染《おさなな じ》みですわ。村にいたときの」

ジークハルトは不機嫌に顎を上げ、イザークを見据える。

「ああ……侯爵家に引き取られたという」

呆然《ぼうぜん》としているイザークにリアは話す。

「イザーク、このかたはジークハルト皇太子殿下」

「皇太子殿下……⁉」

イザークは愕然《がくぜん》とジークハルトに見入る。

「嘘《うそ》だろ……」

パウルとそっくりだから、イザークも混乱しているのだ。

イザークは立ち尽くしていたが、その場の様子から事実だと悟ったようで、丁重に名乗った。

「……殿下、失礼しました。イザーク・クルムと申します」

ジークハルトは腕を組み、歪んだ笑みを唇に刷《は》く。

「屋敷を訪れてみれば幼馴染みと逢《あい》引《び》きか、リア。オレという婚約者がいながら」

「逢引きなどではありませんわ！」

「現に男と二人きりでいるではないか」

イザークがかぶりを振った。

「……殿下、誤解です。俺とリアは昔からの友人です」

険しい表情をしているジークハルトにリアは説明する。

「イザークは幼馴染みで友人だから会っています。決して逢引きなどではありません」

「幼馴染みとの話を邪魔したようだな。オレは君に菓子を持ってきただけだ。帰る」

ジークハルトは踵《きびす》を返し、廊下へと出る。慌てて外まで見送ろうとすると鋭い声でそれを制止した。

「見送りはいい。来るな」


思い立って、リアのもとにやってきたのだが。

帰りの馬車に揺られながら、ジークハルトは憤りを抑えきれない。

（なぜ男と二人で部屋にいる？）

幼馴染みで友人だと話していたが、異性は異性だ。感情が荒く波立ち、苛々《いらいら》とする。

（……オレはどうして、これほど腹を立てているのだ）

彼らは友人に違いないのだろう。わざわざリアのもとを訪れた理由は何だ。自分自身でさえ、己の行動と感情が掴《つか》めず、よくわからない。リアは愛のある結婚をしたほうが良いと言った。そういった結婚をきっと彼女自身は望んでいたのだ。愛だの恋だの馬鹿馬鹿しい。ジークハルトはそう思っているが、リアのことは興味深く見ている。彼女といると困ったことにとても楽しい。

これまで感じたことのない気持ちが胸の内に広がる。今日も約束などしていなかったのに彼女に会いにきてしまった。皇宮ではじめて顔を合わせたときから、不思議な想いを抱いている。

彼女は美形の家系といわれるアーレンス公爵家の人間だけあり、美少女だ。将来はさらに美しく成長するだろうと思われた。だが、見た目の美醜などはどうでもよかった。美しいだけの人形のような令嬢など飽きるほど見た。気になったのは彼女の容貌ではない。まっすぐな意思を秘めた眼差し。彼女がジークハルトに向けるその瞳に、吸い込まれるように捕らわれた。

（最初会ったときのあれは一体、なんだったのだ）

時が止まったように感じた。彼女はこの自分の根本的な部分を見ているような気がした。

ジークハルトはその場で彼女と婚約することを決めた。他のどの令嬢と会ったとしても、彼女に感じるこの気持ちを得ることは決してないと確信したからだ。だが積極的に彼女と関わっていくつもりはなかった。父はジークハルトに無関心で母はジークハルトを拒絶していた。

自分に近づいてくるのは身分に惹《ひ》かれた者ばかりで、愛情は誰からも得られない。誰にも興味をもてない。誰のことも信じられない。虚無のなかで過ごしている。

ただ、リアといるときは心が弾み、生きていると感じることができた。透明感があり、美少女すぎて冷ややかなほどなのだが、笑顔はあたたかく、話している表情は柔らかだ。

（オレと会っているときより、あの者といるときのほうが楽しげだったではないか）

リアは幼馴染みといるほうが良いのだ。安らぐのだ。その事実を辛《つら》く感じた。部屋の扉を開ける前、聞こえた言葉――彼女は父親のような相手と結婚したかったと。自分はその父親に似ていないようだ。

（なぜこれほど胸が痛む）

彼女がジークハルトを見る瞳は、時にとても悲しげだった。理由が気になっていたが、自分との結婚が嫌だったからなのだろう。彼女にとって己の意思と関係なく、無理やり決められたことなのだから。

（わかっていたこと。なのにどうしてオレはこんなに堪えている？）

ジークハルトは皇宮に戻る馬車の中で、血が滴るほど拳を握りしめた。


皇帝主催の夜会が催され、リアは公爵と宮殿に赴いた。

終盤に上がる花火をジークハルトと共に見ることになっていた。

彼が公爵家の屋敷をとんぼ返りして以来ずっと会っておらず、その間にリアは十歳となった。

大広間で奏でられている宮廷楽団の音楽を聴きながら、久しぶりにジークハルトと皇室専用のバルコニーで過ごした。二人きりにさせようという計らいか、ここには他に誰もいない。彼は一言も発さず、ずっと無言で気まずい雰囲気だった。初対面のとき以上に彼の醸し出す空気は重たい。

(怒ってらっしゃるのよね……)

ぴりっとしていて、このままではいけないと勇気を振り絞り、彼に話しかけた。

「殿下」

彼は椅子に腰を下ろし、花火が上がる予定の空に目を向けたまま返事をした。

「何だ」

「先日の屋敷では、申し訳ありませんでした」

ジークハルトは頬をこわばらせた。

「やはりあれは逢引きだったのか?」

リアは目が点になり、首を大きく横に振る。

「ち、違いますわ！　彼は幼馴染みです」

「では何を謝っているのだ」

「せっかく殿下がお越しくださったのに、何もお構いできませんでしたので」

「連絡もせず行ったからな」

確かに急で驚いた。連絡があればもう少し違う対応ができたのだけれど、ジークハルトはすぐに帰ってしまった。今もリアを見ようとしない。

「本当に申し訳ありませんでした」

リアは頭を下げて謝罪した。顔を上げると、彼はリアに視線を移していた。

今夜はじめて目がかち合った。ジークハルトの空色の瞳がわずかに細まる。

「オレが怒っているように見えるか？」

「……はい」

「今は怒っていない」

彼はふっと眉を寄せる。

「オレもなぜあれほど腹が立ったのか、自分でもよくわからない」

楽団の音楽にかき消され、彼の声がよく聞こえなかった。

「……殿下？」

彼はバツが悪そうに視線を逸《そ》らせ、投げ出すように溜息をつく。

「不愉快だった。あんな感情をもうもちたくない。今後、君のところへ行くときは事前に連絡する」

リアが謝ろうとすれば彼はそれを止めた。

「やめろ、謝罪は聞き飽きた」

それでリアは息を吸い込み、伝えたかったことを言葉にした。

「殿下が今後いらしてくださるときは、予定を空けますわ。お菓子ありがとうございました。とても美味しかったです」

彼はフンと鼻を鳴らして横を向く。

「君は幼馴染みと会っているほうが楽しいのだろう。幼馴染みと約束があってもオレのためなら予定を空けるのか？」

ジークハルトは皇太子であり、婚約者だ。彼との約束はどんなものより優先すべきことだ。公爵もそう言うだろう。リアはジークハルトと一緒にいると嬉しく、けれど悲しくもなる。

「もちろんです。婚約者ですし、それに」

そのとき、夜空に花火が舞った。

星空に咲いては流れ消える宝石のような花。それを目にした瞬間、リアの視界は反転した。

（え――――）

あの日も見た。花火を――。

「ようやく花火が上がったな。……どうした、リア？」

蒼白《そうはく》になっているリアに、ジークハルトが声をかける。

「殿下……」

駆け抜けた記憶に、リアは喉がからからに干上がる。

今から、六年後。

――彼はリアとは違う女性を選び、婚約を破棄すると宣言する。

「リア？」

押し寄せるビジョンに、瞼《まぶた》の奥が熱くなり、涙が頬に滑り落ちる。

「どうしたんだ……!?」

ジークハルトはリアの肩に両手を置いた。

「なぜ、泣いている……」

「……申し訳ありません……なんでもありません……」

心が引きちぎられるように痛む。今すぐこの場から立ち去りたい、帰りたい。

だがそんなことはできない。深呼吸し、なんとか自分を落ち着かせる。

「すまない。君を泣かせようと思ったわけではない」

先程のやりとりで、ジークハルトはリアが泣いたと思ったようだ。

リアは自分でもなぜ涙が出たのかわからなかった。ただ非常に混乱している。

「体調が悪いのか」

「花火を見たのがはじめてで……あまりに綺麗で、それで」

「そうか」

ジークハルトは心底ほっとしたように表情を緩めた。

「では、花火を楽しもう、リア」

「……はい」

彼と並んで花火が上がる空を仰ぐ。

頭も心もぐちゃぐちゃだった。

――リアはこの日、前世の記憶を得て、リア・アーレンスとして二度目の人生を生きていると知った。

◇◇◇◇

――理由は不明だが、自分は転生している。

前と全く同じ人生を歩んでいた。おそらく花火がきっかけで、思い出した。婚約破棄を告げられた舞踏会の夜、大広間から出て最初目に飛び込んできたのが、鮮やかな花火だったのだ。

初恋の相手が亡くなったのも、両親が亡くなったのも、公爵家に引き取られて皇太子と婚約をするのも、すべて前世と同じだった。

（もっと早くに記憶を取り戻していれば……パウルや両親を助けられたかもしれない……）

それが哀しくて悔しくて仕方ない。

記憶を取り戻してからも、前世と同じ出来事が起きていき、やはり二度目の人生なのだと確信した。

（どうして私は、自分自身に転生しているの……？）

何もかもが謎である。

今から約六年後――ジークハルトが十七歳、リアが十六歳のときに婚約破棄を突き付けられ、国外に出ることになる。

リアはそれを知り――彼との未来を変える行動を取らないことに決めた。

この先の運命をそのまま受け入れよう。

婚約破棄は辛い出来事ではある。ジークハルトのことを将来の伴侶として見ていた。共に過ごすうち、彼のことがとても気にかかるようになってきていた。

大好きだったパウルに似ているのだ、良くも悪くも意識せずにはいられない。

けれど彼は似ていても違う人で、元々、彼がリアを選んだのは他の令嬢に会うのが面倒だから。

ジークハルト自身が違う女性を選び、その相手との結婚を望むのであれば……それで構わない。

（心から想う相手と結婚するのが、彼にとっての幸せだわ）

リアは婚約破棄を回避するための行動には移さないことにした。記憶は大分曖昧で、同じ人生を歩んでもそれなりに新鮮な毎日だ。

思い沈んでばかりもいられない。

ない魔物に遭遇するのだ。


(良いことを考えましょう……！)

冒険者になったのは楽しかった。自由に行動ができ、世界が広がった。

リアは婚約破棄後、人買いに捕まるが助けられる。そのあと各地を旅して回り、この国には存在し
ない魔物に遭遇するのだ。

そして殺される。

(これは良いことではないじゃないの！　この死自体は回避しないといけない……！)

確か契約した魔物に心臓を潰されたが、なぜか魔物の名も姿も思い出せない。

肝心なことなのに、不鮮明な己の記憶をリアは呪った。

克明に覚えていたら同じ人生を楽しく思えなかったかもしれないし、一長一短だ。

(あの魔物にまた会いたいわ)

とても可愛《かわい》く大切に思っていたという、そういった感情は覚えている。

殺されるのは御免被りたいので、今度は会うにしても殺されないようにしなければならない！


家庭教師が急病で授業が休みになった日、リアはこっそりと街へ出ることにした。

「イルマ、お願いがあるのだけど」

イルマはリア付きのメイドである。

留守をする間、屋敷に居ないことをバレないようにしてほしいと、リアは彼女に頼み込んだ。

「ええっ、お一人で街に行かれる気ですか!?　いけません！」

「大丈夫。変装をするから」

「この間、簡素な服を買ってきてほしいとおっしゃったのは、そのためだったのですか？」

「そうよ。暗くなる前に戻るわ。だから私が出たことは、わからないようにしてもらいたいの」

「ですが……」

「お願いよ、イルマ」

リアは両手を組み合わせ、嘆願の眼差しでじっとイルマを仰ぐ。

「信頼しているあなたにしか頼めないの」

イルマはリアがこの屋敷に来る前、宿屋で身なりを整えてくれたメイドで、それからずっと傍についてくれている。

リアの九歳上のしっかり者だ。彼女なら優秀なので、リアが屋敷を抜け出したことを誰にも気づかれないよう、うまく立ち回ってくれる。

イルマは逡巡《しゅんじゅん》し、リアの意志が固いのを見れば、ふうと溜息をついた。

「……わかりました。ですが夕暮れまでに必ずお戻りください。危ないことをするのも絶対にいけませんからね」

「ええ。私は術者だし護身術も学んでいるから、危なくないわ」

「まあ、お嬢様はお強いですし、そういった危険性はありませんけれど……」

以前買ってきてもらった服に着替え、心配げに見送る彼女を背にして、そっと裏口から抜け出した。

確かめたいことがある——。

共に冒険した前世の仲間に会えないか。

リアは帝都の南に位置する繁華街へと赴いた。婚約破棄され自暴自棄になったリアは前世、街で人買いに捕まった。その際、助けてくれた人物が賭博場の経営者だった。

「おれが買おう」と彼は言ったのだ。なんだかんだで、その人物と世界各地を回ることになった。

前世ではこの歳ではまだ彼と出会っていないが、特殊な能力を持っていた彼に訊けば、魔物について何か掴めるかもしれない。

婚約破棄回避ではなく死亡回避のため、今日は前世とは違う行動をとり、彼を捜すことにしたのである。

帝都で一番大きな高級賭博場を仲間は経営していた。そこまで成功するのは、前世で聞いたところによればもう少し先だったはず。

現在はどうしているのだろう？　と頭を悩ませるが、どこに住んでいるかもわからない。

彼はリアより十歳ほど年上だったから、今は二十歳くらいだ。

一縷《いちる》の望みをかけ、賭博場の傍まで行ってみたが、まだそれは存在してなかった。

（やっぱり、まだ先ね……）

リアはふうと息をつく。この辺りをうろうろしていると目立ってしまう。

帰ろうと思ったとき、暗がりから怒号がした。

気になって通りを覗《のぞ》き込めば、大柄の男二人に、リアと同じくらいの年頃の少年が絡まれていた。

「俺から盗みを働こうとするとは、ふてぇガキだ」

「痛い目に遭わせて、わからせねぇと」

男は少年の襟もとを掴み、拳で殴っている。

「ごめんなさい、ごめんなさい」

少年は謝り続けているが、男らは殴るのをやめない。少年はスリで、それが見つかり殴られているようだ。リアは路地に足を踏み入れ、彼らの傍に寄った。

「謝っていますし、もう充分でしょう。おやめなさい」

「あ⁉」

男が振り返る。少年の行いは悪いことだったかもしれないが、子供に暴力を振るうのは許せない。リアはにっこり微笑んで風を起こす。術者が無闇に魔力を使うことは国で禁じられている。そのため察知されないほどの微弱な魔力だが、鋭い風が二人の男の服と肌を軽く切り裂いていく。

「なんだ⁉」

「痛っ！」

男は少年から手を離し、慌てて風から逃げ出していった。

リアはそれを静かに眺め、少年に視線を戻した。

「大丈夫ですか？」

少年は呆然としていた。幸い怪我《けが》はそれほどひどくないみたいで、リアは愁眉を開く。

「一体、今の何……」

「本当、何だったのかしら？　あの人たち、突然痛がりだして？」

リアはとぼけて肩を竦《すく》めてみせた。ぎこちなく少年は一拍黙した。

「……あんたは、誰？」

「通りがかりの者ですわ。子供を殴るのは許せないけれど、人の物を盗むのもいけないことです」

辛そうに少年はぎりっと唇を噛《か》みしめる。

「……こうでもしなきゃ生きていけない」

「あなたは殺されていたかもしれませんわ。もっと違う生き方を――」

「仕方ないんだ……！」

少年は吐き捨て、リアが止めるのを聞かず駆け出した。

繁華街にはスリや物乞いなどが多くいる。この現状、なんとかできないだろうか。

彼の背を見ながら両腕を組んで考え込んでいると、後方で声がした。

「えらく肝の据わったお嬢さんだな」

（えっ、この声――！）

リアは腕を解き、勢いよくばっと後ろを振り返る。

「ヴェルナー……！」

黒ずくめの服に、同色の帽子を被った長身の青年。

日に焼けた肌に、鋭い瞳、通った鼻、官能的な唇。眼帯をしているので淡いグリーンの右目しか見えていないが、彼はオッドアイでかなりの美青年である。

――ヴェルナー・ヘーネス。

「え……お嬢さん、なんでおれの名前を知ってんの？」

前世で旅を一緒にしていた仲間だったから。彼に会いにきたのだけど、まさか本当に会えるとは。

非常にラッキーだが、前世云々《うんぬん》を話して信じてもらえるだろうか。リアは唇を引き結ぶ。彼は特殊な能力の持ち主であるが、信じてもらえない可能性が大きい。どうしようかしらと思いながら彼を見ていたが、昔出会った頃より六歳ほど若いヴェルナーは、まだ頬のあたりに少年らしさを残していた。

(なんだか不思議な感じ)

ふふっと思わず口元が綻んでしまう。他の人は今の姿も知っていたけれどヴェルナーはこの年頃でまだ出会っておらず、今生がはじめてだ。会えて嬉しく、感激しじっと見つめてしまう。

「なあ。なんで知ってんだ?」

「当たりました? そういう名前っぽいと思っただけなのですわ」

「………。ばっちり当たったが」

「ええっ、私、占い師の才能がある……!?」

手で口を覆って驚いてみせる。しかし演技などできないリアのわざとらしさに、ヴェルナーは目を据わらせた。

「今の疾風、君が起こしたんだろう?」

「疾風?」

リアははてと首を傾げ、ぱちぱち瞬いた。

「そういえば風が吹いたような……? でも私では——」

「おれに隠しても無駄だ、お嬢さん。君、術者だ」

やはり、今生でも彼は能力を保持しているようである。他の人も皆、前世と同じで起きる出来事も同じだから、きっとそうだと踏んでいた。

——ヴェルナーは術者の魂を見る能力を持つ。

前世、彼は高級賭博場の経営者かつ魔術探偵でもあった。危険な思想の術者を見つければ、帝国に報告する組織に属しているのだ。なぜそういった組織に属することになったかなど、詳しい話は彼がしたがらなかったので、前世では詮索しなかった。

互いに過去を捨て冒険者として生きたのだ。仲間であり、色恋は皆無である。

「さっきの子はおれの顔見知り。助けに入ろうとしたら君がやってきて奴らを追い払った。あの子を助けてくれたこと、礼を言う。ありがとう」

リアは小さくかぶりを振る。

「私は何もしていませんわ」

「お嬢さん、『風』の術者だろう」

彼はふっと目を細めた。

「……しかし、変わった魔力だな」

彼にここで『闇』の術者であることを知られても困る。リアはおかしな思想などは持っていないが、『闇』術者が危険だと判断されないとも限らず、うろたえてしまった。

「ヴェルナー・ヘーネスさん」

「……姓も雰囲気でわかったと?」

「……はい」

ああ、焦って墓穴を掘っている。

「……君、何者だ？」

リアは深呼吸し、この際開き直ることに決めた。

「ヘーネスさんは賭博場を経営されているでしょう？」

彼は胡散臭《うさんくさ》そうにリアを見る。

「ここから少し先にある。まだ小さな店だがね」

「あなたは近い将来、帝都一の賭博場を築きますわ。ここだけの話、私、予知夢を見ることがあるのです。それでヘーネスさんの名前なんかも実はわかってしまったのです。うふふ！」

「なんか、おかしなお嬢さんだな……」

彼は対応に困ったようで、首をひねって頬をかく。

「おれのことはヴェルナーでいいさ。君は？」

「私はリア・アーレンスですわ」

「アーレンス？　……ひょっとして公爵家の？」

「そうです」

ヴェルナーはぎょっとする。

「公爵家の令嬢がこんなとこで何やってんだ？　人買いに攫《さら》われでもしたらどうするんだ？」

（前世では十六歳のときに攫われ売られそうになり、あなたに助けてもらいました！）

リアが感謝をもってヴェルナーを見れば、彼はますます怪訝《けげん》そうにする。

「なんだ？　家の近くまで送ってやるからさ、さっさと帰りな」

一見こわもてだが彼は優しいのだ。性格は前世のままな彼にリアは笑みを深めた。

「ふふ。ヴェルナーさんは、いい人ですわ」

「おれをそう言う人間はいないが？」

彼は皮肉に唇を歪める。

「今まで、人には言えないことを色々してきたからな」

「人に言えないことってなんですの？」

「お嬢さんが知るようなことじゃねーよ」

前世でもその辺りは詳しくは教えてもらえなかったのだ。

「なんでこんなとこに来たのか知らんが。術者だし、そう危なくはねーだろうが、中には魔力を無効化する物をもってる奴《やつ》もいるからな」

ヴェルナーに会えて良かった。ひとまず帰ることにしよう。

「はい、では今日のところは帰りますわ」

「今日のところは？」

彼は不可解そうに眉を寄せる。

「迷ったんじゃねーのか？」

「違います。今度また会いにきてもよろしいでしょうか」

「会いにって、おれにかよ？」

「そうですわ。私、ヴェルナーさんとぜひお友達になりたくって！」

「なんでだよ」

彼の顔はひきつり、まるで不審者を見る目つきだ。

「将来、色々とお世話になるかもしれませんので」

「はあ？」

ヴェルナーは帽子をとり、くしゃくしゃと栗色《くりいろ》の髪をかきあげた。

「この子供、すげぇおかしい。魔力も妙だし言動も変だ。おれのこと知ってるみてーだし……予知夢ってなんだ……追及すべきか？　いやしかし、まだ子供だしな……」

ぶつぶつ呟いている。どうやら警戒心を抱かせてしまったらしい。

（やっぱり来ないほうが良かったかしら。彼と出会うのは本来六年後だものね。ここで会ってしまうと冒険者として生きる未来が変わってしまうかもしれない。そうなると魔物にも会えないわ）

しかし旅に出たあと、早逝したくはないのである。

特殊能力をもつ彼と今から接触しておいて、相談をし対策を立てたかった。

「さっさと帰すべきだ、うん」

ヴェルナーは自身の中で結論を出せば、帽子を被り直した。

「お嬢さん。帰るんだ」

「ヴェルナーさん」

「ん？」

「私は変わっていますけど……数年後、救ってもらえますか？」

リアが切羽詰まって言い募れば、彼は唖然とし、また独り言《ひとご》つ。

「……本当変わってる。関わらないほうがいい……」

ヴェルナーは人好きする笑顔を作った。

「ああ、心配すんな。だからもうこんなところ、出歩くんじゃねーぞ」

リアは彼に家の前まで送られ、そのあと彼は素早く去っていった。

第四章　変わった少女

十五歳になったリアは、高級賭博場に足を運んでいた。

ヴェルナーは今生でも家族なく独り身で仕事に生き、帝都一の会員制賭博場を築き上げた。

帝都中の上流階級の人間が集まり、ここに通うのは帝国の紳士のステータスであり、皆の憧れとなっている。他国の王族も利用するほどだ。

営業前、眩《まばゆ》く煌《きら》めく賭博場の二階で、リアはヴェルナーと会話していた。ここには彼の蒐集《しゅうしゅう》した美術品が飾られている。緩やかなカーブを描く吹き抜けの天井には豪華絢爛《けんらん》なシャンデリアが下がり、一階にはゲーム用のテーブルが置かれている。幾つもの秘密通路がこの建物内にはあった。

今は営業前なので客はおらず、従業員のみ。ここでは多くの従業員が働いている。

「昔から君は変わってたけどな。十代前半で賭博場に出入りするんだから」

ヴェルナーは艶やかなテーブルの上で頬杖《ほおづえ》をつく。来るんじゃないと、ヴェルナーに再三注意されたが、リアがたびたび彼の前をうろうろしたので彼は根負けした。リアは賭博はしないが、ヴェルナーからカードの扱い方などは教えてもらった。

「おれと君は将来、旅に出ると？」

リアは笑顔ではっきり頷《うなず》く。

「皇太子殿下に婚約を破棄されるって？」

「そうよ」

「君は、おれが帝都一の賭博場を築くっていうのは当てたけど」

今生リアは十歳で南の地区の状況をまざまざと目にし、物乞いや、劣悪で過酷な労働のもとにおかれている者、虐げられた子供たちを助けられないかと思った。ヴェルナーは幼少時にかなり苦労したようで、辛《つら》い目に遭っている人々を救いたいと考えていた。それでリアとヴェルナーは協力し合った。

賭博場の経営者で魔術探偵でもある彼は、貴族の交友関係はもちろん、資産状況など帝都の紳士の情報に通じている。彼はそれを利用、リアは有力者である養父に働きかけ、法案を幾つか成立させ、今は五年前より南地区の治安は大分よくなった。

あのときスリをしていた少年も、今はこの賭博場の従業員として真面目に勤務している。

「自分の周りに関することについて、予知夢を見たと君は言うが……」

ヴェルナーにはそのように説明していて、二度目の人生を送っているとはさすがに話していなかった。話したとて、きっと信じてもらえないだろう。

「ええ。私、婚約破棄されるの。そのあと人買いに捕まってしまうから、それを助けてほしいのよ」

ヴェルナーは呆《あき》れたようにリアに視線を流す。

「君なら助けがなくても逃げられるだろ？　術者だし、君の魔力は変わってて大抵の者より強い」

リアは『闇』術者であることを今生でも隠していた。ヴェルナーが信頼できないわけではないが、それでも亡くなった両親との約束を守った。彼は優秀な魔術探偵であるので魔力を抑え、気をつけている。心を落ち着かせてから、リアは返事をした。

「でもそのときはなぜか、駄目なのよね」

人買いに捕まってしまったのだ。自暴自棄になっていた直後だったことも関係しているのだろうか。

(婚約破棄がショックだったから、それで力が出なかった……？)

しかし今は心構えができている。今回は婚約破棄を突き付けられても、傷つくことはないだろう。

波風立てずに公爵家に迷惑をかけず、帝都を離れるベストのタイミングは婚約破棄されてすぐ。

たとえ人買いに捕まっても、自分だけでも逃げられるとは思うのだが、心配なことがある。

「まあ、世には魔力を無効化させるものがあるからな」

「そう、それなのよ」

それが、リアが最も危惧していることのひとつだ。

「もし術具を使われていたのなら、人買いから魔力で逃げられない」

魔力を封じる術具は、入手困難で、効果は永続的なものではないが使われると厄介だ。

「わかった、魔力を封じられて逃げられねーなら、そのときはそいつらからおれが君を買ってやるよ」

リアを捕まえた輩《やから》は人身売買をしていて金銭で動いた。前世、偶然その場に居合わせたヴェルナーに助けてもらったのだ。

「君には今まで色々、こちらが世話になったからな。従業員の問題も解決してくれたし」

「従業員の問題解決？」

「皆、君が来るとモチベーション上がる。皆の相談に乗ってくれてるだろ」

問題解決をしているつもりはないが、世間話をすることはよくある。

「君は従業員に人気なんだよ。おれに君を嫁にもらってほしいって、頼み込む奴もいるくらいだ」

ヴェルナーはグラスを手に取って、口に運ぶ。

「皇太子殿下と婚約している令嬢だって知らないから言ってんだろうが。君が上流階級の人間だとは薄々気づいているが、まさかそこまでの人間とは皆知らない。平民に扮装《ふんそう》しているし、こんなところに臆さず出入りするんだからな」

リアは小さく肩を竦《すく》めた。

「私は田舎で育ったし、公爵家令嬢といっても養女よ」

ヴェルナーはテーブルに肘をつき、指を組む。

「婚約破棄されてもいいのか？　皇太子殿下に」

美しく、踏み込むように鋭い彼の眼差《まなざ》しから、リアは視線を逸《そ》らせた。

「ジークハルト様が決めたことなら、それでいいわ」

リアは自身の胸の痛みからも目を背けた。ジークハルトが想う相手と結婚するため、リアとの婚約破棄を望むなら、何かをする気はないしそれを受け入れる。

「だが、君は――」

俯《うつむ》いていたリアは顔を上げ、何か言いたげな彼に視線を戻した。

「え？」

「いや。ま、自分で気づかないと仕方ねえ、こういうのは」

ヴェルナーはぶつぶつ呟《つぶや》き、溜息《ためいき》をつく。

「――なあ、リア」

しばし沈黙を挟んでから、彼は不思議そうに問うた。

「予知夢を見て国外に出るとわかったら、普通それを回避しようとするんじゃねーか？」

リアは首を横に振った。

「私、冒険者になるって決めているんだもの」

「冒険者ねえ……」

「ええ、そう。私の予知夢ではヴェルナーも一緒に冒険者になるわ！」

リアは期待を込めてヴェルナーを見つめる。彼は魔術探偵で、若いながらも世の中というものをよく知り、さらに『炎』の術者でもある。前世、危機を救ってくれ、人生で最も辛いときヴェルナーはリアの心の支えになってくれた。彼の存在は大変助けになったし、今生でも一緒に旅をできればとリアは思っている。なにより彼も冒険を楽しんでいたから、勧誘を続けているのだ。

「でもどうしてあなたは、助けてくれたのかしら」

リアはずっと不思議に思っていたことを、ぽつりと言葉にのせた。

「？　何がだ？」

「私の予知夢では、あなたとこうした出会い方をしていなかったの。見ず知らずの私をあなたは助けてくれて、築き上げた全部を捨てたわ」

支配人にこの賭博場を預け、彼は国を出た。前世で訊いたときは、気まぐれだと答えていたけれど。

おそらく窮地に陥っていたリアを放っておけなかったのだろう。ぶっきらぼうだが人間力があり、リアが知る誰よりも彼はお人好しだった。

「気まぐれだろ」

彼はゆったり腕を組んでそっけなく答えた。今生でも同じ回答で、リアは思わず吹き出してしまう。

「何がおかしいんだ？」

「いえ、なんでもないわ」

ここまで大きくした賭博場を人に任せ、今までの暮らしを捨て、よく旅に出てくれたなと本当に感謝している。

（今も旅の勧誘をしてしまっているのだけれど……）

リアが命を落としたあと、彼はどうしたのだろうか。旅を続けたのか、帝都に戻ったのか。

万一人買いに捕まった場合、それを助けてはもらいたいのだが一緒に旅をと、あまり無理強いはできない。リアは一人で国を出る覚悟もしている。

「賭博場の経営もいいが、金はかなり稼いだし、各国を旅するのもいい」

ヴェルナーは頭の後ろで指を組む。

「けどリア、その予知夢では国外に出るしかなかったのかもしれねーが、違う道も選べるんじゃねーのか。一度出たら簡単には戻れないし、後悔しないようにしろよ」

「違う道？」

「ああ。自分の人生、よく考えて決めな」

「……」

リアは記憶を取り戻してから、ヴェルナーと事前に会ったり、彼と協力したりその辺りは違うが、それ以外では前の人生と同じように生きていた。葛藤がないわけではない。

一番悩むのはジークハルトとのことである。リアはジークハルトといられる時間を大切に思い、できるだけ長くその時間が続くようにと願っている。

(けれどジークハルト様とのことは、私の気持ちだけでどうこうなるものではない)

彼は前世、違う女性を選んだ。その痛みと傷が転生した今もリアの心に深く刻まれている。

束の間、物思いの海に沈み、唇から息が零《こぼ》れ落ちた。

「私は旅に出ると決めたの。それが私の運命よ」

「まあ、それでいいなら何も言わねえけど」

ヴェルナーは緩く髪をかきあげる。

「君がずっと前から言ってる予知夢だが、契約した魔物に殺されるっていうのは、どんな魔物だったのか、まだわからねえ？」

それもリアの抱える悩みだった。

「わからないの……」

「どんな魔物かわからないと、何も対策のしようがねえな」

リアは何度も思い出そうと頑張ったが、いまだ判然としないのだ。それどころか曖昧な前世の記憶は、さらに薄らいでいっている気がする。

(思い出してすぐにメモを取っておくんだったわ)

だがそのときはジークハルトと一緒で、リアは激しく動揺していた。

家に帰ってからも、記すことすら辛く躊躇《ためら》われたのだ。

「契約を交わし、魔物との関係はとても良好だったと思うんだけれど……」

「その魔物の存在を、まずはっきりさせねぇとな」

ヴェルナーには当初、その相談で会いにきたのだが、リアが覚えていないので何もわからないままなのである。将来に備えたかったが、今のところ魔物に殺されないよう回避する術《すべ》は見つかっていない。ヴェルナーと力を合わせ、旅に出る前に打ち解けられたことはよかったが。

「魔物と契約しなければいいんじゃねぇ？」

リアは首を左右に振る。

「私はあの魔物に何としても会いたいの！　殺されるのは御免被りたいけど」

「予知夢で見た魔物に、よほど愛着があるんだな」

「ええ」

きっと旅に出れば会えるはずだ。契約直後、殺されたのではないから会ったあとに対処する猶予はある。ふと窓の外に視線を向ければ、辺りは茜色《あかねいろ》に染まっていた。

「私、そろそろ帰るわ」

「外まで送ろう」

隠し扉を開けて秘密通路を歩き、少し離れた建物から屋外へと出る。これはヴェルナーが賭博場の管理用に使用する通路で、非常時にも使われる。賭博場への出入りを人に見られれば、いらぬ憶測を呼ぶので気をつけろとヴェルナーに言い聞かされているのだ。

「それじゃ、ヴェルナー、またね」

「ああ」

見つからないうちに早く行けとばかりに、ヴェルナーは手を振る。屋敷まで送られれば余計に目立つので、いつもここで別れる。少し歩けばすぐ賑《にぎ》やかな大通りに出る。

リアも手を振り、歩き出した。今日もメイドのイルマに留守を頼んでいた。

街に出るときは彼女に協力してもらい、そっと抜け出している。イルマには頭が上がらない。


ヴェルナーはリアを見送ったあと、秘密通路を使って戻った。

――今から約五年前、ヴェルナーが二十歳のときにリア・アーレンスと出会った。そのとき彼女は十歳だった。プラチナブロンドの綺麗《きれい》な髪に、紫色の瞳をした、まだ幼い娘だったが冷ややかといえるほど凛《りん》とした美貌をもっていた。殴られている少年に彼女は近づき、囲んでいる男たちを追い払った。『風』の魔力を使って。とぼけていたが、この目は誤魔化《ごまか》せない。

家まで送っていったが、その後、彼女はヴェルナーの店の周辺をうろつきはじめた。ヴェルナーは愕然《がくぜん》とし、店の場所を教えるのではなかったと悔いた。どうみても彼女はヴェルナーに会おうとして来ている。長くはいないのだが合間を縫ってたびたびやってくる。リアの姿を見つけたら、ずっと追い払っていたのだがきりがない。とうとうヴェルナーのほうが音を上げて保護することにした。店の中へと促がすと、彼女はぱっと顔を輝かせた。

（おれが悪党だったら、大変なことになってんぞ……）

ヴェルナーは全く善人ではないし、悪人側ではあるだろうが。

「なぜおれの周りをうろつくんだ。おれのストーカーかよ」

「仲良くなりたくて……。でもこれって確かにストーカー……？」

「ああ、そうさ」

十歳の少女からストーカーに遭うとは思わなかった。

女に不自由はしていないが、様々な人間と過ごしてきたなかで、ストーカー化する女がいないわけでもなかった。それは身分問わず、なるものはなる。貴族のほうがタチが悪かったりする。

「そうなりたくなかったら、おれの周りを、この危険な場所をうろうろするのは金輪際やめると、約束しな」

「約束できませんわ！」

「お嬢さんな……」

髪をかきあげ、ヴェルナーは溜息を吐き出した。少女はじいっとヴェルナーを見る。

「何？」

「私が知っているあなたより少し若いので、不思議な感じがするのです」

「なんだそれ」

少女はこほんと咳払《せきばら》いをし、物憂く告げる。

「ええと。この間もお話ししましたが、私、予知夢を見たのですわ」

「……予知夢、ね」

「はい。私とヴェルナーさんは、将来共に旅に出るでしょう！」

危ない子供だ。それとも貴族の子供の間でこういう遊びが流行《はや》っているのか？

——しかしリアは変わっているが、しっかりした子ではあった。彼女は遊びや冗談で言っているわけではないようだ。何かを隠してはいるが、ほぼ事実を語っている。実際、彼女がいう時期に南国の王族が亡くなった。大雨が続く時期も当てた。橋が崩れる事故もリアが事前に知らせなければ大惨事となっていただろう。他にも色々的中させていて、彼女は今までに多くの人間を救ってきた。

リアは予知夢を見ることについて、ヴェルナー以外には内緒にしている。公爵家に迷惑をかけることになるかもしれないからだ。彼女は隠密に動いており、ヴェルナーはそんな彼女に協力していた。

基本的には自分の周りのことしかわからないらしいが。リアとは今、年齢を超えた不思議な関係となっていた。家族ではないし、ましてや色恋の相手でもない。どう表せば良いのかわからないが、強いていうなら友人か。彼女は自分たちを『仲間』と表現している。

彼女は『風』術者だが秘めている力が強く、ヴェルナーにとって非常に興味深い対象でもある。

(あの魔力、一体何なんだろうな)

術者を見る目はあるが、それでもなんなのか判別つかない。彼女と同じ種類の術者は見たことがなかった。悪いものではないから組織には知らせていないが。

——ヴェルナーは魔術探偵である。

父はなく、幼い頃に母が亡くなったあとは貧民街で一人暮らしてきた。

ヴェルナーには昔から普通の人間には見えないものが見えた。人の持つ色、オーラだ。

オーラを持つのは大抵貴族だった。魔力を秘めた者で、中にはひどく濁った色をした人間がいる。

そういった者は事件を起こしている。普通の者たちは人の持つオーラなど見えないし、魔力もないと気づいてからはヴェルナーは自分の能力を隠した。おかしな能力を持っていても、良いことなどない。

ある日、荷物運びの仕事を終えた帰りに、被っていた帽子が風に飛ばされた。

ヴェルナーはいつも帽子を深く被り、左右の瞳の色が違うのを隠していた。人と異なるためだ。

人間とは異分子を排除しようとする生き物である。それに一部にはある種の関心を惹《ひ》いてしまう。面倒ごとに巻き込まれたくないので、なるべく目立たないようにしていた。

すると黒塗りの馬車から下りてきた貴族の女がヴェルナーの帽子を拾った。女は術者だった。その年頃にはすでに、オーラのある人間は魔力持ちの『術者』だと知っていた。

「帽子を飛ばしたのは、あなたですか」

ヴェルナーが問いかければ女は笑った。

「やはり見えるのね。素晴らしいわ、そのオッドアイ。――とてもよく似ている」

貴族の女に気に入られることははじめてではない。薄汚れているが己の外見は女に好まれるもので、声をかけられることもたびたびあった。

「名前は？」

「ヴェルナー・ヘーネス」

女は腕を組んで、ヴェルナーを見下ろした。

「それは母親の姓ね。あなたの生い立ちを話して」

知ってどうするのだろうとヴェルナーは不審に思ったが、促されて仕方なく話した。

聞き終えれば、女は満足したように何度か頷いた。

「あなた、特定の人間の色が見えるわね」

女は確信をもっていた。ヴェルナーは溜息をついて認める。

「……ああ、見える」

「偶然さっき目にして気づいたわ。あなた、濁った色の男をじっと見ていたもの」

女は値踏みするように、すいと目を細める。確かにすれ違った男をヴェルナーは凝視した。濁った色をしていたからだ。あの男は何らかの事件を起こしている。今までもああいった色をした人間はそうだったから。女は紅を塗った唇を吊《つ》り上げた。

「あなたはオッドアイ……。あなたの父親はわたしの兄なのよ。その顔、そっくり」

眉をしかめるヴェルナーに女は告げた。女はフレンツェン伯爵家の人間で、現当主はヴェルナーの父親だと。昔、伯爵家に勤めていたヴェルナーの母は伯爵と関係があったらしい。

「ついていらっしゃい」

ヴェルナーは女に連れられ、伯爵家を訪れた。広い敷地内に建つ立派な屋敷だ。

伯爵と対面すれば、冷ややかな双眸《そうぼう》をした伯爵はヴェルナーを見て即答した。

「息子などではない」

書斎の机の前に座っていた彼はそう言い、すぐに手元の書類に目線を落とした。

「だけどお兄様、この子の瞳はオッドアイよ。人の色を見ることも、濁った者を見つけることもできる。代々魔術探偵を輩出してきている、この伯爵家の人間だという証左じゃないの。お兄様が手をつけたメイドが母親だし。それにお兄様以上にこの子、お父様と似ているわ」

伯爵は眉間に深く皺《しわ》を刻む。自分の息子ではないが様子を見ると彼は言い、ヴェルナーの能力を試した。魂を穢《けが》した術者を見つけろと命じたのだ。

ヴェルナーは伯爵にクラブに連れていかれた。煌びやかな場所には様々な色を持つ人間がいて、中に一人、ひと際濁った者がいた。ヴェルナーは迷うことなく告げた。

「あの男だ」

ヴェルナーは男を指さす。

「壁際で酒をくらってる、髭《ひげ》を蓄えた細身の男。濁ってる」

伯爵は目をちかりと光らせた。

「あの男は傷害致死罪で来週捕まる。……おまえは確かに見えているらしい。帰るぞ」

「あと」

伯爵は煩わしげに振り返る。

「なんだ。おまえはすでに力を証明してみせた」

「——もう一人いるんだけど」

「……もう一人？」

伯爵は不審げに、ホールに視線を彷徨《さまよ》わせた。

「……どこだ？」

「右手奥にいる男。あれはこれから濁る」

「……これから？　おまえは、これから濁る者もわかるというのか？」

「わかるよ」

伯爵は奥歯を噛《か》みしめ、ヴェルナーが示した男に目をやる。

「……プラーム男爵か……」

——その後、男爵は己の魔力を用い、殺人未遂事件を起こした。

伯爵はヴェルナーの力を受け入れたが、決して自分の息子とは認めなかった。

「色の濁った者、今後濁ると思われる者を見つければ私にすぐに報告するのだ」

「そんなことをして、おれに何のメリットがある」

「報酬は出る」

生きるために金は必要である。伯爵から推薦され、ヴェルナーは国に雇われた。魔術探偵として。街で怪しい者を見つければ報告する。国ではなく伯爵に、だ。彼の手柄となるが、多くの報酬がもらえた。伯爵はヴェルナーの力を認めていたが、嫉妬し憎んでもいた。

「なぜ、私が持たなかったオッドアイをおまえが持っている」

フレンツェン伯爵家の者はオッドアイが多いらしい。魔術探偵として素質があるのはそういった目を持つ者。だが伯爵はそうではなかった。亡き先代からオッドアイでないことを嘆かれていた伯爵は、喉から手が出るほどこの目が欲しいようだ。親戚に家のことや様々な噂話《うわさばなし》をヴェルナーは聞かされた。

（おれは好きでこんな目を持っているわけじゃねえ。人と違う目なんて）

伯爵はヴェルナーを息子として認知しなかったが、ヴェルナーが事業を始めるにあたり、必要な費用は用立ててくれた。これには驚いた。今ではヴェルナーは帝都一の高級賭博場の経営者となっている。伯爵に用立ててもらった分はすでにすべて返し終えていた。

（おれは成り上がった）

貴族が遊興で落とした金で何でも買うことができる。能力を認められ、組織の上層部にも加わり、帝国の秘められた内部事情にも通じていた。だが心は満たされない。本当に欲しいものはどうしても手に入れることができないといった飢餓感。それが何かもわからぬまま。

（旅するのもいいかもしれねーな）

リアは予知夢を見た。ヴェルナーが彼女の危機を助け、共に旅をしたという。

自分がそういった行動をとったのだとすれば、彼女に惹かれる部分があったからだ。リアが秘める魔力は透き通っていて、不思議なオーラである。

ヴェルナーは異質な能力のためか、否応《いやおう》なく魔力に魅了され、惹きつけられてやまない。

リアの予知夢では彼女が十六歳のとき、出会うはずだったらしい。人買いから彼女を助けるというのが本当なら、美しい彼女に目を留めたのもその理由の一つかもしれない。

彼女に手を出す気にはならないだろうが。そうするには彼女は面白すぎ、勿体《もったい》なさすぎるのだ。

(おれの、汚れきったこの手で彼女に触れる気はない)


ジークハルトとの面会は、リアが十五歳となった今も続いている。

今日は彼の部屋で過ごしていた。青と白を基調とした豪奢《ごうしゃ》な室内だ。

天井からクリスタルのシャンデリアが下がり、家具調度品は重厚で、扉や壁は繊細な彫刻が施され、金で装飾されている。優美な窓から陽が入り、絨毯《じゅうたん》にレースのような光の模様をちらちらと描いていた。風がペールブルーのカーテンをふわりと揺らす。

「今度の夜会は出席するだろう、リア」

「はい。出席いたしますわ」

公爵から出席するように言われていた。当日はジークハルトにエスコートされることになっている。

彼は十六歳となり、見上げるほど身長が高くなった。婚約当初から整った容姿をしていたが、現在、彼は目の覚めるような完璧な美少年となっている。前世の記憶からもそうなるのは知っていたが。

（記憶は結構曖昧なのよね……）

前世でもこうして過ごしたはずだけれど、一日一日の出来事をすべて覚えているわけではなかった。日々成長する彼と間近で過ごしていれば、新鮮な発見や驚きがあった。

（ジークハルト様は見目麗しくなられたわ……）

彼といると眩《まぶ》しく感じる。自分のとる行動は前世と基本的に変わっていないはずだが、記憶がぼやけているので正確にはわからない。将来結婚をすることはないのに、婚約者として過ごすのはどうなのだろうと、十歳で前世を思い出してから、ずっと疑問に思っていた。

婚約破棄されるのであれば、いっそ早めにしてもらったほうが良いのではないか？　しかしこちらから婚約破棄を切り出すことなど不可能だし、彼に早く婚約破棄してとせっつくこともできない。

それにリア自身の感情として旅に出たいが、彼といたい気持ちもある。

別れがくるのをわかっているのに婚約者として過ごす、なんとも複雑な毎日を送っているのだった。

「夜会のあとには花火が上がる。そういえば君は、前に花火を見て泣いたことがあったたな」

リアはそのことに触れられ、どきっとしてわずかに目が泳いだ。

（前世の記憶を取り戻した日……）

落ち着こうと、ハーブティを口にし喉を湿す。

「……そんなこと、ありましたかしら」

「ああ、あった。五年前だ。そのときオレは――」

彼は言葉を止め、強く眉を寄せた。

「……っ」

彼はこめかみを押さえて呻《うめ》き、前屈《まえかが》みとなる。

「ジークハルト様」

リアはびっくりして立ち上がり、彼の傍《そば》に寄った。

「どうされたのです」

「……少し眩暈《めまい》がしただけだ」

ジークハルトの顔色はかなり悪かった。婚約以降は体調が悪いようには見えなかったが、幼い頃は身体《からだ》が弱かったらしい。

魔力の性質のひとつとして、『闇』寄り、『暗』寄り、『明』寄りの順で、魔力を抱えることへの心身の負担が大きくなる。彼は『明』寄りではあるが、『星』術者。『星』は身体が弱くなりやすいという特徴がある。

急逝した幼馴染《おさなな じ》みのことが脳裏をよぎり、不安が胸に押し寄せる。

「ジークハルト様、お加減が優れないのでは……」

彼は顔を上げ、ふっとリアを見つめた。

「……『風』術者の君なら、オレの体力を快復することができる」

「私が？」

「そうだ。君が、オレの心臓の上に手を置いて口づければ、オレの体調は快復するだろう」

思いもよらない言葉にリアは頬が赤くなった。

（……口づける……？）

「それは一体どういう……」

彼は唇に皮肉な笑みを滲《にじ》ませた。

「嘘《うそ》ではない。皇宮の書庫にある本に書かれてある。事実だ」

もし事実だとしても内容が内容だ。リアはたじろぎ、硬直してしまった。

（……こんな場面、前世であったかしら……？）

彼とこの会話をした覚えがない。同じ人生でも違うところもあって、ところどころ記憶は欠けており、薄らいではっきりしないのだ。不意を衝《つ》かれることはしょっちゅうで、驚くことは多々あった。

彼は立ち上がると手を伸ばし、リアの顎に指を絡めた。彼の親指がリアの頬を撫《な》でる。

「リア」

視線が至近距離で絡まり合う。

「試してみないか」

「……試すって、何をです」

彼に触れられている場所が、さらに熱を帯びる。

「オレが今言ったことをだ」

（……口づけ云々《うんぬん》……？）

彼は長い指でリアの下唇をそっと辿《たど》った。鼓動が速まる。彼はシャープな頬を傾け、ゆっくりリアに顔を近づけた。そのとき、部屋にノックの音が響いた。リアはびくんと身が揺れ、吐息の触れる距離で彼は動きを止める。リアから手を離し、ジークハルトは睫《まつげ》を伏せ、椅子に掛けた。

「――冗談だ」

（冗談……）

リアが身体を弛緩《しかん》させると、彼は扉に向かって不機嫌に言葉を放つ。

「入れ」

「失礼します」

茶菓子を運んできた侍女が入室した。室内には微妙な空気が流れている。聡《さと》い侍女はそれに気づけば、丁寧かつ速やかに茶菓子をテーブルに並べて退室した。リアは椅子に座り直して尋ねた。

「体調は……」

「悪いわけではない」

リアはほっとする。

（でも本当に？）

パウルのことがあり、リアはジークハルトの体調が気にかかる。

それに緊張感と胸のざわめきがまだ続いていて、会話になかなか集中できなかった。


部屋を出たあと、リアは皇宮の書庫に行ってみた。ジークハルトから先程聞いたことを調べようと思ったのだ。にわかには信じがたい内容だったが、事実なら彼のいう本はどの辺りにあるのだろう？

皇宮書庫は広く蔵書数は膨大である。

（魔力についてのことだから……）

リアがうろうろとしていると、よく通る声が後ろで響いた。

「リア様」

振り返るとそこに近衛兵《このえへい》のローレンツがいた。赤褐色の髪にグレーの瞳、逞《たくま》しい体躯《たいく》で凛々《りり》しい彼は、リアより八つ上の二十三歳だ。侯爵家の令息である彼はこちらに颯爽《さっそう》と歩いてくる。

「本をお探しですか？」

「はい、ローレンツ様」

「私も調べものがあってここに寄ったのです。もしよろしければ、一緒に探しましょう」

人が好いローレンツはそう言ってくれた。

「ありがとうございます」

「いえ」

彼は爽やかな笑顔を浮かべる。

「リア様は見るたびに成長してらっしゃる。最初お会いしたときから、大人びておられましたが」

彼は、九歳のリアをジークハルトに引き合わせるため案内してくれたときから、リアのことを気遣ってくれていた。それから見かけるたびに、いつも声をかけてくれる。

「本当に美しくなられました」

眩しそうに彼は目を細める。

「そんなことありませんわ」

リアは少々照れる。ローレンツは優しく、オスカーやカミル同様、女性人気が高い。

そこで彼と世間話をしていると。

「リア」

後ろからふいに名を呼ばれ、その不機嫌な低い声に、びくりとしてリアは振り返る。

「ジークハルト様」

ジークハルトは大きなストライドで歩みを進め、リアの前までやってきた。

「ローレンツと何をしているのだ？」

「ここで偶然お会いして、お話をしていたのです」

「おまえは何しにここに？」

「は。私は調べものがあって参りました。今はリア様のお探しの本を探そうと……」

ジークハルトの表情は険しい。

「彼女の本探しはオレがする」

ローレンツは頭を下げて、その場から離れた。ジークハルトは冷たい目で彼を見やり、壁に片方の手をついた。距離が近く、リアは後退し視線を動かした。

「先程の話が事実かどうか、調べようとしていたのか？」

言い当てられてリアは眼差しが揺れる。黙すも誤魔化せず認めた。

「……そうですわ」

「へえ」

彼は眉を上げ、影を宿す美しい双眸でリアを見つめる。

「調べたあと、オレに治療を施そうと？」

「そういうわけではありません」

リアがきっぱり否定すると、ジークハルトはもう一方の手も壁につき、リアは彼の二本の腕に囲われた。長身の彼は覆いかぶさるように、リアを見下ろした。

「では君は事実オレの体調が悪かったとしても、君にできることがあったとしても、婚約者であるオレに何もする気はないというのだな」

リアはいずれ彼から婚約破棄される。婚約者であるのは今だけで、結婚することにはならない。

「……私がジークハルト様のためにできることがあるのなら、役に立ちたいとは思いますわ」

それは本心だがリアの感情は入り組んでいた。

「本当か？」

「ええ」

「なるほど」

彼はゆっくりと壁から腕を離した。

「オレが言った本はこちらだ」

くらくらしていたリアは彼が離れてくれ、淡く息が零れる。

「はい」

ジークハルトの後について書庫の奥へと移動した。黒い扉の前で彼は足を止める。そこは立ち入り禁止の場所だった。重厚な扉を開けて彼は中にリアを入れた。天井まである高い本棚が、壁際にずらりと並んでいる。静謐《せいひつ》な空間で誰もいない。

ここに入るのははじめてだった。

「こちらだ」

彼は中央の一角まで行くと、革表紙の分厚い本を本棚から取り出した。傍らにある机の上に本を置き、椅子を引いてリアに言う。

「掛けろ」

彼に促されて椅子に腰を下ろした。ジークハルトは立ったまま、後ろから手を伸ばして本の頁《ページ》を捲《めく》る。背後から抱きしめられている形だ。体温と呼吸をすぐ傍に感じて、リアは鼓動が乱れる。

彼は頁を繰るのをやめた。

「ここだ」

彼の長い指が指し示す場所に、どきどきしつつ視線を落とす。すると確かにあった。

――異性の『風』術者が、『星』術者の心臓の上に掌《てのひら》を置いて解《ほぐ》し、口から口へ気の流れを数分送りこむ行為を日常的に行えば、『星』術者の体力は快復する――と。

(……本当だわ……)

「君はオレが嘘をついたとでも？」

「……いえ、そういうわけではありませんわ。ただ驚いて」

(彼はさっき眩暈だと言っていたけれど……)

リアは後ろを振り返る。

「ジークハルト様」

「何だ？」

完璧な美貌の彼の顔が目の前にあり、リアは頬がじわりと熱くなる。彼の瞳が甘やかに煌めく。

「何だ？」

もう一度訊かれ、一瞬言葉が出なかったリアは、騒ぐ胸を押さえて彼に尋ねた。

「……本当に体調は大丈夫なのですか？」

「大丈夫じゃないといえば、そこに書いてあることを今、君はするのか」

想像してリアは顔を赤らめた。

「それとも放っておくのか？」

「……放ってはおけません」

彼は人差し指と親指でリアの顎を掴《つか》み、上向かせた。

「オレは体調が悪くはない。だがここに書かれていることをすれば、さらに良くなるだろうな」

「今は体調は大丈夫なのですね？」

「ああ」

リアは彼の手を取って、自分からそっと離すと椅子から立った。

「ならいたしませんわ」

瞬間、彼はリアの両肩に手を置いて、机に押し倒した。

(!?)

彼の黄金色の髪がさらりと頬にかかる。

「ただ君と口づけたい、と言ったら？」

真上にあるジークハルトの顔を見つめる。彼の艶めいた視線がリアの唇をなぞる。

(こんな状況、記憶にない……！)

前世であったのか、なかったのか。わからないが、なかった。リアは目が回り、混乱した。

「いけません……」

「オレたちは婚約者だ。いけないことはない」

（この先、あなたは婚約破棄するのです）

前世ショックな出来事だったから、それははっきり記憶していた。

「……まだ婚約の段階ですわ」

そう言うのが精いっぱいだった。

「婚約して、六年以上経《た》っているが」

「結婚は先です」

彼と結婚する日なんてこないのだ。唇を固く引き結んで、泣きたいくらいリアが狼狽《ろうばい》していると、彼は身を離した。

「……わかった」

彼がどいてくれてリアは心から安堵《あんど》した。

「この部屋にある本は持ち出し禁止だ。もし読むなら、ここで」

「……はい」

ジークハルトが部屋を出ていくのを見送ったあと、リアは膝が崩れ、床にへたりと座りこんだ。

婚約破棄までもうすぐだ。

（しっかりしなきゃ……）

自分の頬をぱちっと叩く。胸を切り裂かれるような辛い思いをしないよう、ちゃんと覚悟しておかないと。リアは震えながら椅子に座り直した。

前世でこの場面は絶対になかった。いくらなんでもこんなことがあれば覚えている。涙が滲んでいる目をきゅっと瞑《つむ》り、両手で顔を覆った。

「どうした、リア？」

「お兄様」

帰宅してすぐ、リアは一階の奥の部屋へと行った。

母の肖像画の前で佇《たたず》んでたリアに、入室したオスカーが気遣わしげに声をかけてくる。

「おまえは悩み事があると、この部屋に来る。何かあったのかい」

心の中で母に悩みを聞いてもらうと不安が和らぐのだ。兄にはリアの行動を知られていたようである。

「何でもありません。ただ母に会いたくなったのですわ」

「何もないということはないだろう」

心配そうにオスカーは青灰色の瞳を翳《かげ》らせた。

リアの背に手を回し、窓際に置かれた革椅子へといざなう。

「座って、少し話をしよう」

リアを座らせ、兄は横に腰を下ろした。

「今日は皇宮に行っていたんだね」

「そうですわ」

膝の上に置いた自分の手をリアは握りしめる。

「殿下と何かあったのかい？」

皇宮でのことが眼裏に浮かびそうになり、リアは兄から目を逸らせた。

「いいえ、特に何も」

横でオスカーの視線を強く感じる。

「ならいいんだが」

兄は悩ましげに溜息をつき、躊躇ったあと切り出した。

「実は……殿下の話を少し耳にしてね……。クルム侯爵令嬢と睦《むつ》まじそうに過ごしていたと」

リアは目線を絨毯に落とす。

前世でジークハルトは彼女と婚約すると宣言したが、今回もやはりそうなるようだ。

「そうですの」

わかっていたことだが、どうしても胸がつきりと痛む。オスカーは固い表情でわずかに首を振った。

「私は心配だ。殿下と結婚して、おまえが幸せになれるのかどうか」

オスカーは繊細な手でリアの髪を撫でる。

「可愛《かわい》いたった一人の妹のおまえには、誰よりも幸せになってもらいたいのに」

「心配なさらないで、お兄様」

結婚自体することにはならないし、前世でも不幸だったとは思っていない。今生も旅に出るつもりだ。

兄を安心させるようにリアが微笑《ほほえ》めば、兄はリアの頬に掌を添えた。

「私とおまえが結婚できたらいいのにな」

結婚を口にする兄に、リアはくすっと笑った。

「そういえば昔そういった話がありましたわね」

オスカーは優しい眼差しをして笑む。

「ああ。殿下とおまえの婚約が決まる前だった」

「私、冗談かと思いましたわ」

「いとこだから、しようと思えばできるんだよ。殿下との婚約がなくなればね」

――婚約はなくなる。だがリアにとってオスカーは実の兄も同然だ。ジークハルトのことがなくとも、結婚など考えられなかった。兄も本音ではそうに決まっていた。兄妹《きょうだい》として育ったのだから。

「リア、おまえには幸せになってもらいたい」

「私も、お兄様に幸せになってもらいたいと思っておりますわ」

とてもモテる兄はどういった相手を選ぶのだろうと、妹として気になっている。将来、自分の義姉となるけれど、その頃にはきっとリアは帝国を出ている。

「お兄様は、どういったかたがお好みですの」

「おまえだよ」

「え？」

「私の好みはリアだ」

オスカーはそう言ってリアの額に口づけた。青みがかった髪の下で、美しい双眸が煌めく。

リアはじっと兄に視線を返した。オスカーはリアの髪を指で梳《す》く。

「私が好きなのはね、おまえだ」

「お兄様……」

（これほど美しい容貌で、さらりと甘い言葉を吐くのだもの。女性に人気なのも当然ね）

リアはひどく感心してしまった。

「お兄様、さすがですわ……！」

「……何がだい？」

リアはぐっと拳を握った。

「その調子で、世のご令嬢をメロメロになさるのね……女性が失神してしまうのもわからなくはないですわ！」

オスカーに声をかけられて、感極まって失神した女性も実際に今までいたのである。

「けれど、いつか刺されるのではないかと私、心配でもあるんです。どうぞお気をつけください」

リアは以前から思っていたことをそのまま述べた。オスカーは人気がありすぎるから、女性間で刃傷《にん》沙汰《じょう》になり、兄がそれに巻き込まれてしまうのではと本気で危惧していた。

「私は皆にこんなことを言っているのではないんだよ、リア？」

妹に対しても雰囲気を出してしまうのだから、推して知るべしである。兄は眉間に当惑を滲ませる。

「おまえは何か、誤解をしているよ？」

「そんなことはありませんわ！　私、お兄様のことよく存じています。八歳のときから兄妹なんですもの！」

リアがきりっとそう返せば、オスカーは物憂く両腕を組んだ。

「ふうん。本当に、私のことをおまえはよく知っているかい？」

「もちろんですわ」

「そうだろうか？」

「そうですわ」

「ならいいんだけれど……」

オスカーは腕を解いてリアの手を取った。

「だがもっと私のことを知ってもらいたいんだよ。それにおまえのことを私はもっと知りたい」

兄はしっかりして見えて、その実、寂しがり屋なのではないかと感じていたが、やはりそうなのかもしれない。

「兄妹の絆《きずな》は強いでしょう？」

「では今日何があったか話してはくれないかい？」

リアは兄から手をそっと引き抜いた。

「本当に何もないですわ。もし心配なことがあれば、最初にお兄様に相談します」

そう告げてリアは部屋を後にした。兄に負担をかけたくないし、前世のことは話せない。

自室へと戻り一人になると、今後のことをぐるぐると考えてしまう。リアは窓辺に寄り、心を落ち着かせるため美しい庭を眺めた。

（お茶でも飲みましょう）

部屋を出ようとしたとき、扉を叩く音がした。兄だろうか。扉を開ければ廊下に弟のカミルの姿があり、リアは目を瞬《まただ》いた。

「カミル」

「姉上」

カミルは可憐《かれん》な笑顔を見せる。

「ぼく、タルトを作ったんだ。一緒に食べない？」

カミルは料理が得意で、お菓子をよく作る。甘い香りの漂うフルーツのタルトレットと紅茶のセットがワゴンに載っていた。リアは微笑んだ。

「ありがとう、嬉《うれ》しいわ。ちょうど、お茶にしようと思っていたの」

「よかった」

リアはカミルを室内に通し、一緒にテーブルについた。カミルお手製のタルトレットは、サクッと生地が口内で崩れ、苺《いちご》やベリーは甘酸っぱく、生クリームととてもよく合い、美味《おい》しかった。

「本当にカミルは料理上手ね」

カミルはにこにこと笑みを浮かべる。

「ふふ。姉上は甘いものが好きだから。ぼく、お菓子作りの腕を磨いているんだ」

現在十四歳のカミルは細身の長身で、可愛らしい美少年だ。オスカー同様、リアの自慢の兄弟である。弟の女性人気も今は以前の比ではなく凄《すさ》まじい。リアが令嬢たちに橋渡しを頼まれるのも、しょっちゅうなのだった。しかしオスカーとカミルから断ってほしいと言われているので、間に入って取り持つことはしていない。

他愛《たわい》のない話をしたあと、カミルはぽつりと呟いた。

「あのね。姉上にこんな話をするのはいけないと思うんだけど」

「？　何、カミル？」

弟は哀しそうに唇を噛んで目を伏せる。

「ぼく、クルム侯爵家のメラニーとお茶会で少し話をしたんだけど、そのとき……」

彼は言い淀《よど》んでから語った。

「彼女、話してたんだ。殿下とすごく仲良くさせてもらってるって。姉上の婚約者なんだよってぼく、メラニーを諌《いさ》めたんだけど、聞く耳もってくれなかった。殿下も彼女のことを気に入ってるのか、二人が親しそうにしてるのを見た人たくさんいて……」

メラニーとジークハルトの仲についてはカミルも知っているのだ。すでに皆の知ることのようである。

「そう……」

リアはティーカップのハンドルを摘まみ、紅茶を喉に流し込む。

「姉上っていう婚約者がいるのに、他の女とだなんて……！」

カミルは膝の上で拳を作る。リアは細く息をついた。

「……ジークハルト様が誰とお話をして仲良くしていても、あなたが気にすることはないわ」

「けど……」

カミルはライムグリーンの瞳を悔しげに潤ませる。

「ぼく、許せない……！」

（ひょっとして……）

カミルはメラニーに恋をしているのだろうか。それでジークハルトを許せない？

「メラニー様のことが気になっているの？」

「え？」

カミルは一瞬呆気《あっけ》にとられたようにぱちぱちと瞬いた。

ジークハルトはもう少しすればメラニーと婚約するから、もしカミルがメラニーを想っているとしたら辛い目に遭う。前世で弟はショックを受けたのかもしれない。リアはすぐに旅に出たので、その辺りのことはわからないのだが。どう話したものかと迷った。

（前世のことを言っても、頭が変になったと思われるだろうし……）

しかし弟が失恋の痛手を受けたら。かなり前、メラニーから兄と弟を紹介してほしいと言われたことがあった。そういったことはやめてほしいとまだ二人から聞かされておらず、リアは間に入り、取り持った。彼女はイザークの妹だ、仲良くなりたいとリアも思ったのだ。だがメラニーは、オスカーとカミルとは仲良くなりたいようだったが、リアに対しては最初からそっけなかった。

「姉上、それってどういう意味……？」

「カミルはメラニー様に恋愛感情をもって――」

カミルはぎょっとして、きっぱりと勢いよくかぶりを振った。

「違う！　彼女は友人の一人だよ！　ぼくが許せないって思っているのはね、殿下が姉上を傷つけるようなことをすること」

彼女に恋をしているわけではないようだ。弟が失恋で辛い思いをしないとわかり、ほっとする。

「傷つけられたりなんてしてないわ。だから許せないとか、そういった過激なことを考えるのはやめて」

弟の言葉が少し気になり注意すると、カミルは強く主張した。

「殿下は姉上を不幸にしようとしている！」

「そんなことないから」

婚約破棄はショックなことではあったが、旅は有意義であった。

「姉上……」

カミルは励ますように、ぎゅっとリアの手を握りしめる。

「ぼくは何があっても姉上の味方だよ！」

姉を心配してくれる、その気持ちは本当にありがたく嬉しかった。

「ありがとう、カミル」

ジークハルトは違う相手を選び、リアは彼とは別の道を歩む。不幸ではない。

だが……今生でもきっと心はひりついて痛む。

◇◇◇◇◇

皇宮で夜会が開かれ、リアは家族と共に出席した。オスカーとカミルはすぐに令嬢たちに捕まった。

彼らが女性に取り囲まれるのはいつもの光景である。リアは公爵と共に大広間で様々な人と歓談した。

「リア」

名を呼ばれ、振り向くと幼馴染みの姿があった。

「イザーク」

彼と会うのは数週間ぶりである。長くなった黒髪を一つにまとめたイザークは、ミステリアスで大人っぽい雰囲気だ。オスカーやカミルと同じくイザークもかなりの人気者で、先程も令嬢たちに囲まれていた。公爵と挨拶を交わせば、公爵は感心したようにイザークを上から下まで眺める。

「前に屋敷に来たときより、身長が伸びたんじゃないか？　会うたびに成長を感じるよ」

「いえ、身長だけ高くなって」

公爵とイザークは談笑する。リアと互いの屋敷を行き来しているイザークは、アーレンス家で公爵と顔を合わせるので親しい。公爵はイザークのことを実の息子のように思っている。

「あの、少しだけリアをお借りしてもいいでしょうか。ここだと人に囲まれ、静かに話ができませんので」

「ああ」

さっきイザークが令嬢に捕まっていたのを見ていた公爵は苦笑いする。

「構わないが、すぐに戻ってきてくれ。殿下がお見えになる前にね」

「わかりました。――リア」

リアは頷いて、イザークと大広間を出た。リアは隣のイザークを見上げる。

「いつも大人気よね、イザーク」

「君の兄弟ほどじゃないさ」

そう言って、イザークはくしゃくしゃと前髪をかきあげる。

「俺はあんなふうに笑顔で対応できない。すぐに逃げ出したくなる」

イザークは女性に騒がれるのが苦手なのだ。リアは笑みが零れてしまう。

「それで大広間から出たの？」

「いや、君に話があって。庭園で話すさ」

彼と幅広の階段を下りたあと、宮殿の廊下を通って庭園へと出た。緩やかにカーブしている小道を並んで歩く。

「あのさ」

彼は躊躇いがちに口を切った。

「殿下と俺の妹とのこと耳にした？」

（そのこと……）

リアは無意識に身がこわばる。

「……ええ」

イザークは深く溜息をついた。

「それ、誤解だ。妹と殿下はなんでもないから。妹はただ殿下と少し話をしただけで、二人に何かあるわけじゃない。くだらない噂だ」

もし今何もないとしてもこれから本当にそうなる。リアはジークハルトが彼女を選べば、それに従うつもりだ。婚約破棄の回避のためには動かないと、前世を思い出したときから決めている。

彼の意思を曲げることはしたくなかったし、運命なのだろうと割り切った。

「気にすることなんて全然ないから」

「気にしていないわ」

皆、リアがそのことを気にしていると思うらしい。

「けど、リア」

前世のことは誰にも話していない。自分自身でも困惑していることだ。相手も混乱させ心配をかけてしまうだけで、信じてもらえないだろう。

そのとき、リアは小道のへこみに足を取られ、体勢を崩した。

「リア」

イザークが手を伸ばしてリアの腕を掴んだので、なんとか踏みとどまる。

「大丈夫か？」

「大丈夫よ。ありがとう」

彼は息を吐きだした。

「気をつけろよ？　君は昔っから危なっかしくて目を離せないな。おてんばで」

「今はそんなことはないわ」

「いや、そんなことあるだろう」

彼は心配そうにリアの手を掴んだまま屈む。ウエスト部分は細く、腰から裾にかけて広がったライラックのドレスをチェックする。

「ドレスは平気か……。ん、大丈夫」

「――何をしている」

重低音が闇夜に響き、リアもイザークも驚いて声のしたほうを見た。

後方に、闇に溶けるような黒の衣装を身に纏《まと》ったジークハルトの姿があった。

彼は革靴の音を鳴らしてこちらにやってくると、リアの腕を掴んでいるイザークの手を払った。

「何をしていた」

ジークハルトが問い詰め、イザークが気まずそうに口ごもり、説明をする。

「あの……。ドレスが大丈夫かどうか確認を……」

「転びそうなところを彼は助けてくれたのですわ。ドレスに傷がないか、今調べてくれていて」

リアが言葉を継げば、ジークハルトは眉間を皺め、イザークを睨《にら》んだ。

「オレの婚約者だ。触れるな」

リアは複雑な思いで唇を閉ざした。

（婚約者ではなくなるのだけど……）

ジークハルトはリアの背に手を回してくる。

「今日はオレと花火を見るはずだったろう」

「……はい」

リアが目線で謝罪の意を示せば、イザークは頷いた。イザークは助けてくれたのに。

彼に申し訳なく思いつつ、ジークハルトと小道を引き返した。

外付けの螺旋《らせん》階段をジークハルトはリアの手を握って上がっていく。強く握りしめられた手は、少し痛かった。

「あの……。ジークハルト様」

彼は言葉を発しない。先程のことをリアがもう一度説明しようとすれば、ジークハルトが階段を上りながら、ようやく沈黙を破り声を出す。

「君とあの侯爵家の令息が、幼馴染みで仲が良いのは知っている」

その声は怒気を含んでいた。

「信用していないわけではないが、目付け役も付けずあんなふうに二人でいて、おかしな噂を立てられるとは思わないのか」

彼は振り返らずそう言った。心を引っ掻《か》かれるような感覚がする。

（――噂ならジークハルト様とメラニー様にも立っている……）

リアとイザークの恋の噂は、前世でも確かにあった。

根も葉もないものだから、リアは堂々としていればいいと考えていた。

「彼との間に何かあるわけではありません」

ジークハルトは苛立《いらだ》たしげに嘆息する。

「一体何を話していたんだ」

ジークハルトとメラニーのことについてだ。イザークはリアが気にしているのではと思って声をかけてくれたのだ。

「彼は私を心配していたのですわ」

「心配？」

階段を上り終わって、二人は皇宮の屋上にある空中庭園まで来た。

今夜はここで花火を見ることになっている。

「心配というのはオレと君のことをか？」

彼は唇を歪《ゆが》める。

「あの男に心配されることは何もないだろう」

「……ジークハルト様」

「なんだ」

彼にメラニーとのことを訊《き》こうかと思ったが、今ではなく、これからのことかもしれない。

(訊いても仕方ないわ……)

リアは力なく、かぶりを振る。

「……いえ、なんでもありませんわ」

ジークハルトに手を引かれ、空中庭園内に備え付けられた椅子に座った。ぎこちない静けさが続く。

屋上には二人以外誰もおらず、彼と花火を見た幼い頃、前世を知ったことが脳裏をよぎる。

(……前世を思い出したくなかった)

婚約破棄をされる覚悟はできるが、本当はそんなことは知りたくなかった。

すると何やら階下で騒ぎ声がした。

(？　どうしたのかしら……？)

二人は顔を見合わせ、立ち上がった。手摺《てす》りに寄り、下の様子を窺《うかが》う。

「一階に人が集まっているな」

少しして空中庭園に、近衛兵のローレンツが姿を見せた。

「殿下」

「何があった」

ジークハルトが問うと、ローレンツは跪《ひざまず》いて速やかに報告をした。

「バルコニーにいた者が花火を見ようと身を乗り出し、二人ほど落ちたようです。それで混乱状態に」

ジークハルトは眉をしかめ、こめかみを動かす。リアのほうを向き言う。

「オレは様子を見てくる。君はここで待っていろ。パニックになった人込みの中に行くのは危ないからな」

リアは頷いて、ローレンツと共に立ち去るジークハルトを見送ったあと、再度手摺りに寄った。

ここからだと様子はわからなかった。リアは違う場所へ移動し、手摺りのない場所から階下に目を凝らしてみる。

(ああ、駄目。こちら側は人が集まっていないわ。余計わからないわね)

直後、後ろに人の気配を感じ、振り返ろうとすると背を思いきり押された。

(え――!?)

リアの身体は空中に投げ出される。ここは屋上で地面は遥《はる》か下。このまま落ちたら絶命するだろう。

恐怖と共に、稲妻のように眼裏に魔物の姿が浮かんだ。

彼と空を渡った記憶。

(思い出した……!)

こんなときに。五年間ずっと思い出したくても、思い出せなかった魔物。

「ヴァン……！」

あの魔物がいてくれたら……。

リアが契約した魔物の名を呟いた瞬間、花火の上がる空に竜が舞った。

第五章　閉じ込めたい

竜はリアの身をその背に受け止め、静かに地面に着地する。

辺りには誰もいない。リアは竜の背から下り、目の前の魔物を唖然《あぜん》と見つめた。

「ヴァン！」

「ようやく、ボクを呼んでくれたね、リア」

愛らしい竜はくりくりした目でリアに視線を返す。見惚《みと》れるほど美しい、有翼の白銀のドラゴン。

本来もっと巨大だが、今はリアより少し大きいくらいとなっている。

「あなた、どうしてここに……!?」

「君が呼んでくれたからだよ。ボクが助けないと、あのまま死んじゃってた」

誰かに背を押されたのだ。

（一体、誰が……）

しかし今はそれより、この魔物だ。危機に陥った瞬間、前世、最も頼っていたヴァンに助けを求め、彼を思い出した。契約したのは違う生なのに、なぜヴァンはリアのことを知り、助けてくれたのか。

それを不思議に思ってリアはまず尋ねてみる。

「私のことを知っているのね？」

ヴァンははっきりと頷《うなず》く。

「もちろん。ボクの主《あるじ》だ！」

「でも契約したのは前世の私だわ」

「君であることに違いはない。一度契約すれば、それは魂に刻まれる、永遠の契約だ。転生したとしてもわかる。主がボクらを忘れなければだけど。他ではずっと思い出してくれなかったけど……。よかった、この生では君を守れた」

リアは会いたかった魔物に再会できて、ほとばしるほどの喜びを覚える。

「あなたに会えて嬉《うれ》しいわ、ヴァン！」

「ボクも嬉しいよ、リア！」

だが少し離れた場所から人の声がして、リアははっとした。今は再会を喜び合っている時間はない。

「あとでまた来るから、悪いけれどそれまで隠れていてくれないかしら？　人目についたら騒ぎになってしまうわ。帝国には魔物は存在していないの」

「うん。この国には結界が敷かれてあるからね。他の人間には見えないようにしているから大丈夫！」

そういえば彼にはそういった能力がある。それにもっと小さくもなれるのだ。

「ちょっと時間がかかってしまうかもしれないけれど、それまで待っていてね」

「わかった」

リアは名残惜しく思いながらヴァンから離れた。屋上に戻るため歩き出し、きゅっと唇を噛《か》みしめる。

（……さっき後ろから押したのは誰なの……？）

最初、空中庭園にはリアとジークハルトしかいなかった。ジークハルトはローレンツと階下に下りた。あの時点でリア以外、誰もいなかったはずだ。気配や押されたと思ったのは気のせいだろうか？

（わからない……）

考え込みながら螺旋《らせん》階段のほうに近づいていくと、人の声が大きくなってきた。リアは気になり、そちらのほうに足を向けた。すると人波を割るようにジークハルトが現れて、彼はリアの姿を見つければ、虚を衝《つ》かれたように目を見開いた。焦るリアの前まで足早に歩み寄ってくる。

「どうしてここに？　気になって君も見にきたのか？」

「え、ええ……そうですわ」

屋上から落ちたと話せば、びっくりさせてしまうだろう。それは話せないし、今ざわめきが気になってこちらに来てみたのも事実だ。彼はわずかに眉を上げた。

「危ないから待っているように、オレは君に言ったはずだが」

「申し訳ありません。気になってしまいました」

彼は溜息《ためいき》交じりに、リアに状況を教えてくれた。

「二階のバルコニーから、二人が庭に落ちたんだ。酒を飲んで言い争って落下したらしい。幸い軽傷で命に別状はない。周りが混乱状態だったから、落ち着いて大広間に戻るよう指示した」

ジークハルトは片方の肩を竦《すく》める。大事にはならなかったようでリアはほっとする。

「そうでしたの」

空が明るく光り、花火の大きな音が響く。

「まだ花火は上がっている。屋上に戻ろうか」

「はい」

それで空中庭園に戻ったのだが、リアは思わず周りを見渡してしまった。

誰かいるのではないかと探すも誰もおらず、ジークハルトはそんなリアを見て訝《いぶか》しげにする。

「どうしたんだ？」

「い、いいえ。なんでもありませんわ」

強風で体勢を崩してしまっただけかもしれなかった。気を取り直し、彼と椅子に座り直す。

花火は夜空に咲いては儚《はかな》く散っていく。

ひと際大きな花火が上がって、空一面をきらきらと鮮やかに美しく彩る。

「綺麗《きれい》……」

華やかな色彩に目を奪われ、先程のことが頭の中から薄らいで消えていった。

「ああ、そうだな」

彼はじっとこちらを見つめる。リアは夜空からジークハルトへと視線を移した。

「花火も良いが」

彼はリアの顎に指を添えた。

「君を見るほうが良い」

「……え？」

「花火より、君のほうが美しい」

視線が熱く交わり、胸の奥が音を立てた。

(彼の……セルリアンブルーの瞳のほうが美しいわ)

花火を受け、煌《きら》めいている。ジークハルトはベンチの背に手をかけ、頬を傾けた。端正な顔が近づいてきてリアはじりっと後ろに下がる。

ジークハルトは間近で動きを止めた。彼の双眸《そうぼう》が、くっと屈折する。

「オレと口づけるのは嫌か」

リアは婚約破棄が頭をよぎるので、彼とキスするなど考えられず、できなかった。

(この場面も……覚えていないわ。記憶にないのは忘れているだけ？　もし前世でもあったのだとすれば私はそのときどうしたの？)

彼は嘲るように唇を歪《ゆが》め笑う。

「それほど、嫌か」

そう言ってジークハルトはリアから手を離した。

「ならいい。無理強いする気はない」

彼は正面に向き直り、リアは落ち着かないまま、花火に視線を戻した。

(嫌なわけじゃないわ……)

もし前世の婚約破棄のことを知らずにいたら……。そうだったとしたら自分はどんな行動をとっただろうか。リアが自問自答し、悩んでいると、隣に座るジークハルトのほうから呻《うめ》き声がした。

「………」

花火の音でよくわからないが、確かに聞こえた。そろそろと彼のほうを見ると彼は俯《うつむ》いていた。

「……ジークハルト様……どうなさったのですか」

「……なんでもない」

彼はそう言うが、こめかみに汗が滴り、呼吸がしづらそうだ。リアはベンチから下り、彼の背に手を置いた。

「ジークハルト様、体調が……」

きっと良くないのだ。しかし彼は口角を上げ、笑んでみせる。

「オレのことを嫌いなのに心配はするのか？」

「心配します。それに、あなたを嫌うはずがありません」

婚約破棄されるとしても、彼のことをどうしても嫌いにはなれない。パウルが大人になったら、きっと今の彼のような姿になっていただろう。ジークハルトが苦しんでいると、パウルが亡くなったことが思い出され、怖くなる。リアは具合の悪い彼をベンチに横たえさせた。

「すぐに医師を呼んでまいりますわ」

陛下にローレンツが控えているから彼に頼むか、もしいなければ自ら宮廷医師を連れてこよう。

そこから離れようとすると、ジークハルトがリアの手首を掴《つか》んで止めた。

「行くな」

「ジークハルト様」

「ここにいろ。どこにも行くんじゃない」

懇願するような声で、リアはうろたえる。

「ですがお加減が……」

彼はもう片方の手で目元を覆った。

「平気だ、たまにこうなる。ただの頭痛だからすぐ良くなる。たぶん魔力によるものだ」

心配だし、すぐに医師を呼びに行きたいが、彼はリアの手を掴んだままだ。

リアはその場で身を屈《かが》め、ジークハルトを見つめた。

「いつもはどれくらいで良くなるのですか？　本当に大丈夫なのですか」

彼は自分の顔に置いた手を動かす。

「……大丈夫じゃないと言えば、本に書かれていたことを君はするのか？　しないだろう」

「それは……」

彼はふっと笑う。

「いい、それで。君はオレを嫌っているのだから」

「違います。嫌っていません」

「ならなぜ、オレを避ける？」

「……避けてなどおりませんわ」

「オレには、君がオレを避けているようにしか見えないが」

「そんなことは……」

ただ覚悟をもっている。彼と別れると。話している間にも、彼の顔色は良くなるどころか悪くなっていて、リアは焦って血の気が引いた。

「ジークハルト様……」

リアはこくんと息を呑《の》む。この状態の彼を放ってはおけなかった。

「私と唇を合わせることに抵抗はないのですか」

「あるわけがないだろう」

リアは自らを落ち着かせ、彼の胸に手を置いた。近づいて彼の唇に唇を重ねようとすると、彼は目を見開いた。これは体調快復のためでキスではない。リアはそう自分に言い聞かせるが、はじめて唇を合わせることに、どうしても動揺する。

「――いい。やめろ」

彼はリアの頬を掌《てのひら》で包み、止めた。

「する必要はない。体調はすぐに良くなると言っただろう？」

彼の瞳は艶を帯び光っていた。

「君にそんなことをされれば、抑えきれない」

彼がリアの唇を親指でなぞり、リアの身に甘い痺《しび》れが走る。

「唇を合わせるだけでは済まなくなる」

彼は苦しげに囁《ささや》く。

「でも本には……」

「オレは治療とは思えないのだ。ただのキスとしか。きっとオレは君を――」

「ジークハルト様……」

彼の双眸は甘く濡《ぬ》れていた。

「君に口づけられれば、オレは――。オレに何をされても君はいいのか？」

吐息の触れる距離でジークハルトは尋ねる。彼の眼差《まなざ》しはまるで肉食獣のそれだ。リアは本能的に危険を感じたが、彼を放っておけない。

「……いたします」

赤くなって彼の固い胸板に手を置いて答えれば、彼も目尻を染め、リアの両肩に手をかけた。

「だから駄目だ……」

彼の呼吸は速く浅くなっている。

「無理にしようとしなくていい……。すぐ治る。もう良くなってきている」

「呼吸が整っておりません」

「これは……」

ジークハルトはリアの肩に置いている手を緩めた。

その手を彼はリアの後頭部に回し、撫《な》で、髪に指を埋めるが、はっとしたように動きを止める。

「本当に駄目だ……！」

リアは一旦、後ろに身を引いた。

「……ジークハルト様が、私と唇を合わせるのを嫌がってらっしゃるようですわ」

ジークハルトはリアを軽く睨《にら》んだ。

「それは君だ。オレがさっきキスをしようとしたら、避けたではないか」

「それとこれとは全く別です」

「口づける行為に変わりはない……」

彼は恥じるように目を伏せる。

「──オレの体調を気にかけることはない。それに良くなった」

確かに彼の顔色は先程よりも、良くなっているように見えた。花火はいつの間にか終わっている。

「……下りよう」

「はい」

リアは身を起こしたジークハルトと階段を下りた。彼の足取りはちゃんとしていて、リアは張りつめていた気が緩んだ。体調を快復するためのもので、キスではないとリアは思ったが、彼はキスだと言った。

今日のような前世にはない場面は今までもあった。それにどこか戸惑いを覚えているが、他の出来事は同じだし、前世のとおりに今後進むのだろう。


大広間でジークハルトと別れ、リアは公爵と共に帰ることになった。

「……お父様、庭園で私、耳飾りを落としてしまったようで。探してまいります」

「従僕に頼めばいい」

「どこに落としたか大体わかっておりますの。人に説明するより、行ったほうが早いですわ。すぐ戻ります。先に馬車でお待ちくださいますか」

返事を聞く前にリアは公爵から離れ、大広間を横切った。

すると視界の端に、メラニーとジークハルトが会話しているのが見えた。彼女はジークハルトの袖にさりげなく触れている。

あの二人が今後婚約すると知っているというのに、胸がずきりと軋《きし》む。

二人からも、自分のよくわからない感情からもリアは目を逸《そ》らせると、庭園に向かった。先程魔物と別れたあたりに行くと、可愛《かわい》い竜がリアがくるのを待っていた。

（よかった、いたわ……）

もしかすると夢だったのではと危ぶんでいたのだ。リアは大好きな魔物を見て心が癒やされた。

「遅くなってごめんなさい。一緒に帰りましょう」

「うん」

ヴァンの身体《からだ》はさらに小さくなった。他の人には見えないので、不自然に思われないよう気をつけながらヴァンを抱えて父のもとに戻り、馬車に乗る。

リアはヴァンを膝の上において、遠ざかる皇宮を窓から眺めた。

（色々なことがあった一日だったわ）

きっと今夜は眠れない。


危なかったと、ジークハルトは思った。もしあのままリアに口づけられていたら、自分はとんでもない行動に及んでいた。いくら彼女が治療行為で唇を合わせるのだとしても、そんなことをされて平常心でいられるわけがない。

ジークハルトはリアに対して、並々ならぬ強い執着心をもっている。

はじめて会ったときから、彼女のことが気になっていた。共に過ごすうち、彼女へのこの感情はさらに強くなっていった。

美少女すぎて一見冷たく見えるが、リアの心はあたたかい。

彼女は甘いものを食べるとき、瞳を輝かせ、とても美味《おい》しそうに幸せそうに食べる。いつの間にかその姿を見るのが、ジークハルトの秘かな楽しみの一つとなっていた。

しっかり者なのに鈍かったり、ふいに愛らしく心臓が止まりそうな言動をとる。

彼女が九歳のとき出会ってからずっと目を離せずにいる。

リアがジークハルトを見る眼差しには好意があるように思えたが、あるときから壁を感じるようになった。よそよそしくなったのだ。

他に好きな男でもできたのか。

(それとも最初から、オレのことなど何とも思っていなかったのか)

そういえば彼女は昔から熱い眼差しをしたかと思えば、哀しげに視線を落とすことが多かった。どこか諦観して見えたのだ。リアの気持ちがわからず、もどかしくて仕方ない。

彼女といると安らぎ、幸せな感覚となる。

その理由の一つとして、彼女が自分のことを真摯に考えてくれていると感じられるからだ。

ずっと彼女と過ごしていたい。できることなら今すぐに皇宮に、自分の元に縛り付けたい。

だがまだ婚約の段階である。

――リアの周りには彼女を想う男たちがいた。幼馴染《おさななじ》みのイザーク、兄のオスカー、弟のカミル。

彼らはリアを異性として見、特別な感情を抱いている。リアのほうは彼らにそういった感情をもっていない。この自分に好意を寄せてくれているのではと自惚《うぬぼ》れていたが、彼女はジークハルトから距離をとる。恥ずかしいとか結婚前だからとか、それだけではない。

（なぜ避ける……）

どうしてだ。

――幼い頃から予測していたとおり、リアは美しく成長した。外見などジークハルトは特には重要視していなかったが、婚約者が日々綺麗に花開いていく様子を傍《そば》で見つめていれば、胸がやるせなく疼《うず》く。年頃になれば、彼女に触れたいという気持ちは日増しに強くなってくる。

二人きりで過ごしていると理性がきかなくなる。その透き通った紫色の双眸も、月光を編みこんだような髪も、艶やかな唇も、滑らかな肌も。甘い香りを放ち、この自分を誘ってやまない。

眩《まぶ》しく思い、彼女に口づけようとすれば拒まれた。結婚前であるのは事実だし、彼女とキスすればそれだけで終えられないだろう。婚約の長い期間を思えば結婚まではあと少しで、それまで待てば良いだけだ。だが、彼女がどこかへ行ってしまうのではないかという、言いようのない不安がいつも心にあった。切迫感が胸を衝き、彼女への執着と焦燥で、自分はかなり危うい状態にある。

（オレは誰のことも愛せない。では、この気持ちはなんだ……？）

愛だの恋だの、ずっとくだらないと思ってきた。だがリアへの気持ちは――厄介にもそういったもののようである。彼女のことが、好きだ。しかし、もし彼女が他の男を想っているのだとわかれば、この想いはきっと同じ強さで憎しみへと変わる。

彼女の気持ちを知るのが怖かった。リアは好きな男がいるわけではない。彼女を見ていて、そんな男はいないとわかる。男のほうの気持ちは別として。

（リアがオレのことを想っていないのだとしても……）

体調を気にしてだとしても、彼女がこの自分に口づけようとした。ジークハルトは歓喜を覚えた。

体調は悪かったが彼女とのキスを思えば、目も眩《くら》むほど高揚した。が、自分は口づけだけで止めることができない。階下で控えているローレンツがやってくるまで、彼女をこの腕に抱きしめ、過ごしたに違いなかった。

あの男もリアに好意を寄せている。年齢差があり以前は庇護欲《ひごよく》をもっているだけのようだったが、近頃はリアを異性として見ているのだ。リアは気づいていないが。

彼女はジークハルトの抱えている凶悪な感情や衝動もわかっていない。だからあんなことを言って行動に移そうとする。その無防備さがジークハルトを苛立《いらだ》たせた。愛《いと》しいが、自分は彼女をすでに憎んでいるのではないかと思う。リアは熱い視線を向けたかと思えば、憂いを見せる。

好意を寄せられていると感じ、すぐさま否定されるようなものだった。

(オレのことを今、想っていないとしても他の男とどうこうなることはない)

彼女のことを信じているのに、疑心暗鬼に陥る。

リアは幼馴染みのイザークに信頼をおき、親しくしていた。

イザークの妹メラニー・クルムから、リアとイザークの様子をジークハルトは聞いていた。メラニーは、ストロベリーブロンドの髪の小柄な少女だ。リアと同い年である。

類いまれな美貌をもつリアは凜《りん》としているため、一見冷たく見えるが、共に過ごすと優しい心の持ち主だとすぐにわかる。

対照的に、メラニーは甘い砂糖菓子のような雰囲気をもつ。儚げに見えるが己の武器をよく知り、したたかだ。可愛らしさを演出する術《すべ》に長《た》けている。ジークハルトに昔から寄ってくる女の典型で、性格は利己的だ。メラニー自身にはなんの興味ももっていないが、話は気になることだった。

彼女はイザークの妹であるので、リアが侯爵家に行った際のことを事細かに知っている。またリアの兄弟とも親しいようで、リアの家での様子を彼らから聞き、ジークハルトに知らせてくる。

リアに執着しているジークハルトにとって、得たい情報だった。

だがメラニーの言葉は話半分に聞いている。彼女は誇張して話すきらいがあるからだ。どう考えてもリアがそこまでイザークと親密に過ごしているとは思えない。

メラニーにはジークハルトに近づこうとする野心を感じるが、彼女が好いているのは、おそらくリアの兄か弟だ。皇太子の寵を得たい気持ちもあるが、彼女の最たる目的はオスカーかカミルと結ばれることなのだろう。まあ、メラニーの目的などどうでも良い。リアの情報を得られるなら。

ジークハルトは常に己と戦っている。

己の執着心と、凶暴な想いが恐ろしかった。リアを大切にしたいのに、粉々に壊してしまいそうだ。

夜会の日、大広間で公爵と話をしているリアの姿を見つめ、リアを自分のもとにずっと留《とど》めておきたい激情に駆られていると、声をかけられた。

「ジークハルト様」

振り返ると、メラニー・クルムがいた。

「なんだ？」

メラニーは上目遣いで、甘ったるい声で話す。

「花火の前に申し上げたとおり、リア様は、イザークお兄様と今日も仲良く過ごしていらっしゃったでしょう？」

リアとイザークが密会していると知らせてきたのだ。疑わしく思いつつ庭園に行ってみると、実際にイザークはリアの手を掴み、ドレスにも触れていたので頭に血が上った。

（密会などではないだろうが……）

「一週間後に二人はまた会いますわ。リア様、イザークお兄様に本当にしょっちゅう会いにこられますの」

幼馴染みで仲が良いだけだとわかっていても、ジークハルトはどうしようもなく嫉妬してしまう。

リアを閉じ込めてしまいたい、今すぐに。


屋敷に帰ったあと、自室でようやくヴァンとリアは話をすることができた。

「ヴァン、会えて嬉しい。大好きよ」

「うん、ボクもリアが大好き！」

ヴァンはつぶらな瞳をきらきらさせる。リアは小さな竜のヴァンを抱きしめる。

「抱っこされた！」

「うふふ、抱っこしちゃったわ」

ころころと、ゆったりした長椅子の上を転がる。再び会えて純粋に嬉しかった。

が、魔物のことは思い出したが、彼に殺されたときのことはいまだに思い出せずにいた。

「私が呼んだから来てくれたの？」

ヴァンはこくんと頷く。

「そうだよ。君がボクを思い出して呼んでくれたから。それで今生の君に会えて、助けることができた。でもね……」

――ヴァンが語ったところによれば、彼は帝国内では思うように力が使えないらしい。帝国には、いにしえより強い結界が敷かれ、本来、高位の魔物でも入ってこられない。しかし契約した主がいる場合は別だ。リアが契約していたため彼はやってこられたが、契約したのは今生ではない。だから力をすべて使うことはできないようだ。契約済みなため、再度契約を結ぶこともできない。

「君を乗せて飛翔《ひしょう》するくらいはできるけど、もし皇家直系の人間に弾《はじ》かれたら、帝国に入ってくることもできなくなっちゃうんだ」

しゅんとするヴァンの背をリアは愛おしんで撫でた。

「屋上から落ちたときに助けてくれたでしょう。それだけで充分よ。あのままだと私、どうなっていたことか。助けてくれてありがとう」

「君を助けるのは当然だもん」

「でも前世で私、あなたに殺されたわよね？　どうしてだったのかしら。よく覚えていないの」

ヴァンは悲痛な眼差しになる。

「……君がボクに命じたからだ。殺すようにね」

リアは眉をひそめた。

「私、なぜそんなことを命じたりしたの？」

ヴァンは哀しそうに目を伏せる。

「前世で旅をしてたでしょ。ボクと契約したあとも」

「ええ」

冒険者になり各地を旅した。

「君は南西の島国で聖女と出会ったんだ」

リアはぼんやりと思い出す。ギールッツ帝国から離れた、結界が充分に敷かれていない南西の小島には魔物が現れた。その島国では神託によって聖女が選ばれ、危険な旅をしなければならない。大聖堂に辿り着いてはじめて、真の聖女とみなされる。

リアは旅の中で一人の聖女と出会い、彼女を大聖堂まで送り届けることになったのだ。

「もう少しで辿《たど》り着くところだった。ボクたちは到着前、古い廃屋に立ち寄ったんだ。でもそこには第一階級の残忍な悪魔がいた。聖女は悪魔に取り憑《つ》かれ、取り込まれて死んでしまうところだった。彼女を守るため、リアは悪魔を自らの身体に引き受け、ボクに命じた。自分を殺し、悪魔を消滅させるようにって。高位の悪魔ほど君に惹《ひ》かれる。君の魔力にも紫色の瞳にも。低位の悪魔は逆に恐れて近寄れなかったりするけれどね。はじめ、力の強すぎるリアではなく聖女のほうに悪魔は取り憑いた。けど君が自ら受け入れたので、嬉々《きき》として君に移った。ボクは君に命じられ、君を殺し、悪魔を消滅させた」

彼の説明と共に、そのときの情景が思い出された。だからヴァンはリアの心臓を握りつぶしたのだ。

(殺された瞬間を思い出してしまった……)

ヴァンを怖いとは思わず、逆に申し訳なく思う。彼はそのとき、泣いていた。

リアはヴァンを優しく撫でた。

「ごめんね。嫌なこと頼んでしまったわ、私」

「そうだよ……君はひどいよ」

大きな瞳に涙を溜《た》めるヴァンをリアは抱きしめる。

「ごめんなさい」

くすんとヴァンはぐずり、ぴたりとリアにしがみつく。

「でも、こうしてまた君に会えた」

「あなたには、ずっとその記憶があったの？」

ヴァンはぷるぷると首を横に振った。

「ううん。君がボクを思い出してくれた瞬間に、ボクの記憶は蘇《よみがえ》った。でもずっと何か気になってて、この帝国の傍をうろうろしていたの」

彼は尾をくるんと回す。リアはヴァンを腕の中に包み込んだ。

そしてその日、リアはヴァンと一晩中話をした。

しばらく彼はリアの傍にいて、屋敷で一緒に暮らしていたけれど、帝国では力が弱まるようなので、この先旅に出るまでリアはヴァンを自由にさせることにした。

「君の危機には駆けつけるから。いつでもボクの名を呼んでよね」

広い空へと羽ばたいていくヴァンをリアは見送る。

あと少ししたら、リアは婚約破棄されて旅に出る。そのとき会えるだろう。

今、寂しさを感じているのはヴァンとしばらく会えないから？　それともジークハルトとの別れを思ったから？

舞踏会の日は刻々と近づいてきている。覚悟は固めているが、緊張感は日々増していた。

◇◇◇◇◇

「最近、リア、様子がおかしくないか？」

イザークの言葉に、リアはかぶりを振って否定した。

「そんなことないわ」

「だけどさ」

「将来について色々考えているだけなの」

十六歳となったリアは、ティータイムをイザークと過ごしていた。

今日はメラニーに呼ばれ、クルム邸を訪問した。三人で一緒に話をしていたのだが、メラニーが腹痛で自室に戻ってしまい、イザークと二人だけとなったのだ。最近こういうことが幾度か続いていた。

リアがイザークといるのをメラニーは以前嫌がっているようだったが、近頃は逆で、なんだか嬉しそうに見える。メラニーに呼ばれてリアが侯爵家を訪れることが多くなったため、彼と会う回数も必然的に増えていた。リアは幼馴染みと過ごせて落ち着くが、イザークのほうは疲れるのではないだろうか。大抵リアが話すばかりで、彼はいつも聞き役である。

「時間を取らせて、ごめんね」

「俺はいいけど。今日君は妹に呼ばれてきたのに、すまない」

「体調が悪いなら仕方ないわ」

リアはイザークといれば自然体でいられるが、前世のことなど言えないこともあった。

「殿下のことで悩んでいるんじゃないのか？」

空中庭園で過ごした日から、ジークハルトとは会っていない。

来月初めにはお茶会があるので、たぶんそのとき顔を合わせると思う。

「マリッジブルー？」

「ううん」

（……ジークハルト様と結婚することにはならないもの）

「メラニーと殿下のことを気にしているんだったら、前に話したとおり……」

「いいえ、違うの」

そのことは仕方ないと割り切っている。考えること自体、やめていた。

メラニーとも本当はあまり関わりたくない。

（イザークの妹だし、そういうわけにもいかないのだけど）

メラニーを非道にいじめていたという噂《うわさ》を前世では立てられた。誰のこともいじめたことなどないのに、なぜそのような噂が立ったのかわからなかった。

「なら、ひょっとして俺たちの噂を気に病んでいるのか？」

前世と同じようにイザークとの間に噂が流れている。もちろんただの噂で、彼は幼馴染みで友人だ。

「私たちに何もないし、堂々としていればいいと思う」

イザークは長く溜息を落とす。

「そうだな。誰がおかしな噂を立てたんだか」

リアはテーブルの上で両手の指先を重ねた。

「イザーク、私――」

この国を出ることになるし、今のうちに彼に別れの挨拶をしておいたほうが良いかもしれない。しかしそうなれば前世のことも話さなければならなくなる。

「え？」

イザークは軽く首を傾《かし》げ、瞬《またた》く。

「ううん……何でもないわ」

やはり話せない。イザークを心配させてしまうだけだ。日常的な話をしたあとリアは屋敷に戻った。

◇◇◇◇

お茶会の日はよく晴れていた。

リアはリボンで飾られたシフォンドレスを着て出席し、皇宮の庭園を歩いた。

白テーブルが並び、貴族の子女が多く集まっている。

(前世では、どのように過ごしたかしら)

リアは記憶を辿ってみるが、よく思い出せない。ジークハルトと過ごしたという記憶はなかった。

(彼も出席するはずなんだけれど)

婚約者として会話を交わすくらいしたはずだが……。

「リア様、少しよろしいでしょうか？」

見事に手入れされた緑と花々の美しい、彫像が飾られた庭園を眺めていると、すぐにメラニーに声をかけられた。

「……はい」

無視するわけにもいかず返事をする。皇太子に近づく女性――特にメラニーをリアがいびっているという噂は、前世と同様立てられていた。

「先日は途中で席を外してしまい、申し訳ありませんでした。実はわたし、リア様にお話を聞いてもらいたく」

まだお茶会が始まる前だったので、リアは頷いた。

メラニーは侍女に飲み物を頼んで、離宮の小部屋にリアを連れて入る。

侯爵家を訪問した際や、お茶会などでメラニーと会話はするが、それほど親しくしているわけではない。だが近頃、彼女は積極的に距離を縮めてきて、リアは少々困惑を覚えている。

部屋に入ってすぐ、侍女がグラスを二つ、トレイに載せて運んできた。メラニーがそれを受け取ると、侍女は頭を下げて退室した。

「どうぞ」

メラニーは、グラスの一つをリアに差し出す。

「ありがとうございます」

リアが受け取ろうとすると、メラニーは手を滑らせた。リアのドレスにジュースがかかる。

「きゃっ、申し訳ありません、リア様！」

「いえ、大丈夫ですわ」

しかしかなり広範囲に葡萄《ぶどう》ジュースがかかってしまい、もうお茶会には出席できそうにない。

「着替えを持ってまいります」

「メラニー様、私はこのまま帰りますので――」

メラニーは首を振り、一方的に捲《まく》し立てる。

「わたし、ジークハルト様とお話をさせていただいておりますが、なんでもないのです。そのことについてお伝えしたかったのです」

「……ええ」

「ドレスですが、以前に自分の服を汚してしまったことがあり、念のため着替えを持ってきているのです。馬車にありますから取ってまいりますね。そのドレスはお脱ぎください。お一人で着替えるのは難しいでしょうし、お手伝いしますから」

「メラニー様、私」

「さ、お早く！　シミになってしまいます」

彼女は後ろに回り込んで、強引に薔薇色《ばらいろ》のリボンをするすると解《ほど》いていく。ドレスが落ちそうになり、リアは慌てた。

「私、帰りますわ。リボンをつけていただけませんか。着替えずにこのドレスで帰ります」

「そんな！　せっかくお茶会にいらしたのに、すぐ帰るなんていけません。わたし、持ってきているドレスは数着ありますし。リア様に合うものをお持ちしますから」

さらに脱がせようとするメラニーに、リアは焦って冷や汗が滲《にじ》んだ。

「わかりました。着替えます」

リアがドレスを両手で抱えて制止すると、メラニーは残念そうにしながらも手を離した。

「ではわたし、着替えを取ってまいりますわ」

彼女が退室し、リアは唇から吐息が零《こぼ》れ落ちた。ドレスを胸の前で抱え、椅子に腰を下ろす。

ジークハルトも出席するし、複雑な思いが交差するので、婚約破棄が間近に迫った今、可能ならば顔を合わせたくない。帰れるものなら帰りたかった。

(着替えなんていいわ……。このドレスのまま帰ったのに)

一人でこのドレスを着るのは無理だ。メラニーのドレスを着るか、彼女にこのドレスの着替えを手伝ってもらうよりない。頭痛を覚えながらリアが座っていると、部屋の扉が開いた。

メラニーが戻ってきたのかと顔を上げれば、そこにいたのはイザークだった。

(え――)

「イザーク……!?」

「リア」

彼は憂色を湛《たた》え、リアの元まで駆け寄ってくる。

「メラニーから聞いた。具合が悪いんだって？　大丈夫なのか」

「いえ、具合が悪いわけじゃないわ」

リボンは解かれ、ドレスを手で支えている状態だ。

「ドレスにジュースが零れて、着替えることになって……」

それでようやくイザークはリアのドレスが着崩れていることに気づいた。

「あ……」

彼は赤くなって固まる。

「取り敢えずここから出て、イザーク」

「わかった」

「それと、メラニー様が着替えを用意してくれると話していたんだけど、彼女はどこに？」

イザークはこちらをなるべく見ないように、横を向いて壁を見ながら言った。

「リアが大変だって俺のところに伝えにきたあと、すぐに立ち去ったからわからないな」

「馬車に着替えがあるって話していたけど」

「馬車？　その方向には行ってはいなかったと思う」

では彼女はどこへ消えてしまったのだろう？　ドレスの件を言わず、リアの体調が悪いとイザークに伝えた理由も不明だ。彼女が戻ってこないのだとしたら、ずっとこのままいなければならない。

「私、ドレスを着直してこのまま帰るわ」

難しいが合わせ鏡をしてなんとか着るしかない。多少おかしくなっても構わないとリアは椅子から立ち上がる。

「でもリア、ドレスを一人で着ら――」

リアのドレスがずれそうになり、焦った彼がこちらに足を踏み出した。

「リア」

彼はリアを包むように抱き寄せ、ドレスが落ちるのを防いでくれた。

「大丈夫か」

「……ええ。ごめんなさい」

「いや」

ほっとするが今の体勢に困惑する。リアはドレスが落ちないように、ぎゅっと胸の前で掴んだ。

イザークは潔癖な印象の唇を引き結ぶ。

「――リア、俺……」

彼の声は掠《かす》れている。震える指をリアの顎にそっとかける。

顔を持ち上げられ、神秘的な彼の漆黒の瞳に眼差しを注がれた。

「俺……君が――」

彼の長い髪がさらさらと頬にかかる。なげうつような瞳で彼は告げる。

「君が好きだ」


庭園にリアの姿が見えない。今日のお茶会にはリアも出席するはずなのだが。

(まだ来ていないのか?)

ジークハルトはこういう場で、いつも真っ先に無意識にリアの姿を捜す。するとこちらにメラニーが忙《せわ》しなく近づいてきた。リアとイザークが逢引《あいび》きをしていると言ってきたが信じがたい。

「わたし、リア様と離宮の一室でお話をしていたのですわ。わたしと入れ替わりで兄が入って、リア様と二人きりになりました」

メラニーは訳知り顔で事情説明をしてくる。

「ここのところ、以前にも増して二人はよく会っていますの。よからぬ噂も流れていますし……。いえ、わたしそんな噂なんて信じておりません！　二人は深い仲で、リア様が不貞を働いているなんて！　……でもただの幼馴染みというより、実際はもっと熱烈な関係のようにも思えるんですわ……。かたときも離れていられないといった……」

しおらしくそう報告する彼女の話は大概オーバーである。噂を信じていないと言いつつ輪をかけて肯定しているではないか。メラニーの話を鵜呑《うの》みにはしていないもののリアのことなので気にはなる。

（今、彼女には好きな男などいない）

ジークハルトのことも想ってくれてないが、幼馴染みのことも彼女は友人としてしか見ていない。彼のほうは恋情をもっているとその様子からわかるが、ジークハルトはイザークを責める気にはならなかった。

イザークが彼女に何かするようにも思えないし、それに彼に対してどうしても悪感情を持ちづらい。人当たりが良いからだろうか。二人が会うことを強く咎《とが》めることはしていなかった。

メラニーに案内され、二人が籠もっているという部屋へと向かった。

（話をしているだけに決まっている）

二人の関係性は幼馴染みで友人だとジークハルトは信じていた。部屋の近くまで来るとメラニーが声を潜めた。

「申し上げにくいのですがお取り込み中かもしれませんし、そっと扉を開けたほうがよろしいですわ」

取り込み中とはなんだ。眉をしかめて扉を開ければ――抱き合っているリアとイザークの姿が見えた。ジークハルトは血の気が引いた。少し距離があるため、二人は扉が開いたのに気づいていない。

リアのドレスは着崩れていた。リボンが解け、今にも床に滑り落ちそうだ。

「――君が好きだ」

イザークはリアを腕に抱き、彼女の顎に指を絡ませ、顔を伏せるようにキスをしていた。リアはそれを嫌がっていない。ジークハルトが彼女に口づけようとしたときは拒んだというのに。

目の前が真っ赤に染まった。

(――そうか)

なるほどそういうことか。謎が解けた気分だった。二人は噂どおり、そういった仲だったということだ。自分はまんまとリアに騙《だま》されていたのだ。

室内に踏み込み、裏切りを詰《なじ》ってもよかった。だが無言で扉を閉め、その場から離れることしかできなかった。廊下で様子を窺《うかが》っていたメラニーが、ジークハルトの後を小走りでついてくる。

「ジークハルト様！　やはり兄とリア様は――」

どこか上ずった声だ。

「わたし今まで申し上げるのは憚《はばか》られたんです。でも実は屋敷でも二人は……」

「屋敷でも二人はなんだ」

ジークハルトの鋭い睨みを受け、メラニーは一瞬怯《ひる》むが、すぐに続けた。

「今までお話ししなかったわたしを、どうぞお許しください。あまりのことでしたから……」

「さっさと話せ」

「はい、申し上げますわ。実は屋敷でも二人はやけに距離が近かったのです。わたしが来ると、さっと離れるのですが。わたし、ジークハルト様をずっとお慕いしており、ジークハルト様を傷つけてしまうのではないかと、そこまでは伝えられなくって……！　わたしでしたら、ジークハルト様を裏切ったり、悲しませるようなことなんて決してしませんのに……っ！」

瞳に涙を溜めて言い募るが、彼女はジークハルトではなくリアの兄弟に気があることを知っている。この女に野心があることも。その野心を利用しよう。

「オレと結婚したいか？」

尋ねれば、メラニーは顔を輝かせ頷いた。


自室に一人戻り、長椅子に身を投げ出し髪の中に指を埋《うず》めた。二人は友人だと、リアが裏切るわけはないと、ただの噂だと。愚かにもそう思っていた。今日ほど決定的な瞬間を目撃したのははじめてだ。浮気現場以外の何物でもない。今までも二人はジークハルトの目を盗んで抱き合っていたのか。

(気づかないオレを二人で笑っていたのだろうか)

目も眩むような怒りと嫉妬で、身が焼き付きそうだった。


「イザーク？」

間近の幼馴染みの端整な顔をリアは瞬いて見た。

「私もあなたを信頼しているし好きよ？」

彼は切なげに小さく呟《つぶや》く。

「俺の好きはそういうのじゃなくて……」

「え？」

「……いや」

「ドレス、押さえているからもう大丈夫よ」

「ああ」

彼は腕を解いてそっとリアから離れる。

「……着るの手伝うよ。リボンを付ければいいのか？」

「ええ」

彼はリアの後ろに回り、ドレスのリボンを苦戦しつつ丁寧に結んでくれた。

「ちゃんとできてるか、わかんないけど」

リアは鏡で背を映してみる。とても綺麗に纏《まと》まっていた。

「ありがとう。助かったわ」

リアはほっと胸を撫で下ろした。これでようやく帰ることができる。

「私、屋敷に戻るわ。メラニー様に帰ったと伝えておいてくれる？」

イザークは頷いた。

「了解。馬車まで送るよ」

それでリアは彼と部屋から出た。お茶会でジークハルトと顔を合わさずにすみ、残念に思うのと安《あん》堵《ど》が入り混じっていた。ジークハルトと会えば感情が揺れて仕方ないのだ。

メラニーは目の前の少年を熱い眼差しで見つめる。

「ふうん、そうなんだ。姉上と君の兄上がね……」

「はい」

（ああ、今日もなんて素敵なのかしら。カミル様……）

メラニーはリアの弟――カミル・アーレンスに、恋焦がれていた。

名門アーレンス公爵家は美貌の血筋で有名だ。彼の父親も年齢を感じさせない若々しさで美青年と呼べるほどだし、カミルの叔母も月の女神と称された綺麗な女性で、皇太子だった現皇帝が一目惚《ひとめぼ》れして婚約が決まったらしい。

アーレンス家の血を引く、オスカーとカミルの二人は女性人気が凄《すさ》まじい。メラニーも彼らを慕う一人である。オスカーもカミルもメラニー好みでどちらも大好きだが、特に弟のカミルが可愛くて好きだった。

カミルと庭園の彫像前で落ち合い、今日あった出来事を報告していた。彼は柔らかい雰囲気の少年で、姉――といってもいとこ――と似ていない。彼ら同様、リアもアーレンス家の人間なので綺麗だ。

だが美少女すぎ、纏う空気が冷たく見え、悪役っぽい。そのため誤解されやすい。

メラニーが、リアにいじめられたと周囲にほのめかせば、信じてもらえる。皇太子に近づく女性――特にメラニーをリアがいじめているという噂を、メラニーはせっせと広めていた。

さすがにリアと一緒に暮らしているカミルやオスカーには、嘘《うそ》だとバレてしまう。前にちらりとそれらしいことを話したら、日頃声を荒げないカミルに叱責されてしまった。

だからそういったことは話していない。カミルには事実のみを告げている。

（ジークハルト様も素敵だし、皇太子という唯一無二の存在だけど、威圧感があるし）

一つ下のカミルは母性本能を擽《くすぐ》られる可愛らしさと、どこか小悪魔的な婀娜《あだ》っぽさがある。

そんな彼にメラニーは夢中だ。数年前、カミルからジークハルトに近づいてほしいと言われたときはショックだったが、カミルの言うとおりにすれば彼と接点をもてる。報告する際、他の幾多のライバルを押しのけて彼と話ができる。それに皇太子であるジークハルトに気に入られれば、正妃は無理だとしても愛妾《あいしょう》になれるかもしれない。それはそれで魅力的だ。

メラニーはカミルの言葉に従い、喜ぶ顔も見たくて逐一報告していた。

カミルの兄オスカーはリアと結婚をしたいらしく、ジークハルトとリアの仲を壊すよう、弟のカミルに命じているらしい。その手助けをメラニーはしているのだ。

「ん、ありがとう。よくわかったよ」

にっこりとカミルは天使のような笑顔を浮かべた。

「ということは、君は殿下に求婚されたってことだね」

「そうです」

「おめでとう。幸せになってね」

彼はとても嬉しそうで、メラニーは複雑な心持ちとなる。愛妾でも、と思っていたところ、ジークハルトに結婚を考えると言われ歓喜したが、メラニーが恋しているのはカミルなのだった。

「でもわたしが本当に好きなのは……」

カミルと結ばれるのがメラニーの最上の願いだ。カミルは小首を傾げ、人差し指をメラニーの唇の前に柔らかく立てた。彼は優しく囁く。

「君は帝国において将来、最も高貴な女性となるんだ。何も口にしないで。ね」

メラニーはカミルに見惚れ、ぽうっとする。

「じゃあね」

笑顔で優雅に立ち去るその姿を、メラニーはうっとりと見送った。

（やっぱりカミル様が一番）

けれど皇太子妃という立場は魅力的。カミルもメラニーのことを想ってくれているが、泣く泣く身を引いたのだと解釈した。兄オスカーに命じられ、カミルはメラニーとの恋を諦めたに違いない。

メラニーは満足して広場へと歩き出す。

「メラニー」

すると途中で声をかけられた。後ろにいたのは茶色の髪と瞳をした伯爵家の跡取り、ダミアンだった。それなりの身分と容貌をもつ彼は、メラニーの信奉者である。

「何よ？」

ダミアンは沈痛な表情で、メラニーに訴えてきた。

「メラニー、もうやめよう」

「やめるって何を？」

まさにこれから、はじまろうとしているというのに。

「あまりにも恐ろしいことをやりすぎじゃあないか……。噂を流すくらいならまだしも、殿下の婚約者を殺そうとするのはさすがに――」

「こんなところでそんなこと言わないでくれる!?」

メラニーは声を落として怒鳴り、周りを見回し誰もいないのを確認する。彼の手首を掴んで、ひとけのないところに連れていった。さっきカミルと別れたばかりなのだ。こんなことをカミルに聞かれれば確実に厭《いと》われる。悔しいことに彼はシスコンで、リアを大切に想っているのだから。

「あの女は死ななかったでしょ！　実行に移さなかったんだから！」

「思い直してくれたんだ？」

先日の夜会の日、メラニーはリアを突き落とした。ジークハルトと近衛兵《このえへい》が階段を下りてくるのを目にし、リアが空中庭園に一人でいると知ったからである。

最初メラニーはダミアンに命令した。あの女を突き落としてと。そんなことをするのは駄目だ、いけないと鬱陶しくも彼は説教してきた。腰の引けた彼を置き、メラニーは一人屋上へと上がった。

リアは手摺りのない場所から下を覗《のぞ》きこんでいた。千載一遇のチャンスだ、これを利用しないなんてただの愚か者ではないか。メラニーはリアにそっと近づき――躊躇《ちゅうちょ》なくその背を突いた。

やってやった。高笑いして階段を下り、待っていたダミアンに何もしなかったと伝えた。

彼はほっとしていたが、あの高さだ、絶対に死んでいる。強風だったから、きっと不幸な事故ですまされる。

上機嫌で大広間で過ごしていれば、花火が終わったあと、なんとあの女が皇太子と大広間に現れたのである。我が目を疑った。

(嘘……確かに突き落としたのに……)

あの女は何なのだ一体。幽霊を見るように思わず凝視してしまった。

現場の確認は気持ち悪いのでしなかったが、まさか無傷で助かるなんて。下は芝生で木々も茂っており、それらがクッションとなったのか。

(なんて悪運の強い……!)

メラニーは歯噛みした。

やはり人を雇い、リアを無残な目に遭わせるしかない。あの女は術者だから、術具で魔力を奪って。

リア・アーレンスは、メラニーにとって世界中の誰より邪魔な女である。

メラニーが恋をしているカミルの姉で。だからこそ、仲良くしようと思ったのだ。

しかしカミルはリアを非常に大切に想っていて、それはまるで恋のようだった。姉弟《きょうだい》だが彼らは、実際はいとこ。結婚しようと思えばできるのだ。絶大な人気を誇るカミルとオスカーと、リアは一つ屋根の下で暮らしている。リアの存在はメラニーを激しく苛立たせた。

それにメラニーの異母兄。異腹だが、清廉で容貌が良いイザークのことをメラニーは慕っていた。兄はとても優しいが、メラニーより幼馴染みのリアのほうに、より深く愛情を傾ける。

それを敏感に感じ取ったメラニーはリアが疎ましかった。極めつけは皇太子との婚約。家柄は向こうのほうが上なのは否めないが……。冷たい美貌のリアよりも自分のほうが、ふんわりして絶対に可愛いと思う。あの女が帝都にくる前までは、メラニーが同年代の令嬢の中で一番の美少女だった。

しかも皇太子とは、メラニーが先に顔合わせをしたのだ。他の多くの令嬢と同じく選ばれなかったが。悪役っぽい雰囲気のリアがなぜ気に入られたのか。

（選ばれるべきは、誰もが可愛いと認めるこのわたしじゃない！）

「君こそが将来の皇妃に相応《ふさわ》しい」とカミルからも言われた。

カミルは、ジークハルトに近づき、皇太子とリアの婚約が流れるよう動いてほしいとメラニーに訴えた。メラニーの希望はカミルと結ばれることだが、カミルは寂しげに囁くのだ。

「君はもっと輝けるひとだ。ぼくなんかじゃ駄目だよ」と。

カミルの言うとおり動けば彼は喜んでくれる。笑顔を見せてくれる。それにメラニーの野望も満たされるから、ジークハルトに近づいた。リアの不貞、リアがメラニーをいじめているという噂はメラニーが独断で広げた。カミルは憎らしいことにリアを慕っているから、これを知られるといささかまずい。特にリアを突き落としたことは決して知られてはならない。

（殺せはしなかったけど、まあいいわ）

今日、皇太子はメラニーとの婚約を考えると言ってくれたのだから。あとで人を雇えばそれで終わる。

「僕は君が心配で仕方ない」

図々しく手を握りしめてくるダミアンの手を、メラニーは払う。

「気安く触らないで」

ダミアンは役に立たない。それなりの見目、身分をもち、メラニーを崇拝しているので少しだけ近づくのを許しているだけだ。

（ああ、カミル様ともっと過ごしたかった）

「メラニー嬢はなんて？」

オスカーが両腕を組んで尋ねてき、そんな兄の前でカミルは溜息をつく。

お茶会から屋敷に帰れば、カミルはすぐに兄の部屋へと呼び出された。

「彼女との婚約を殿下は考えてるようだってさ」

メラニーから聞いた話を伝えると、兄は満足そうに微笑した。

「あの娘では難しいかと思っていたが、うまくいった」

カミルは口を尖《とが》らせ、愚痴を零す。

「ぼくに面倒なこと押し付けるのはもうやめてよ。彼女の相手するの、すごく疲れるんだからね」

「成功したなら、終了だ。あの娘は私よりもカミル、おまえに執心だった。でなければ、殿下に近づくようにと私が彼女に話したけれどね」

カミルは纏わりついてくる女が大の苦手だった。メラニーはその最たるものだ。外見と身分、財産で男を判断している。しかし兄に命じられ、接触を図った。

（ようやく終わったよ。ふう……。疲れた）

大仕事を終えた気分だった。今はまだ姉の婚約は正式には破棄されていない。だがジークハルトがメラニーにそういう話をしたということは、もうほぼ決まりだろう。

オスカーから命じられ、カミルはメラニーを導いたのだ。ジークハルトをリアから奪い取るように。

「おまえも嬉しいだろう？　リアを結婚させたくなかったんだから」

カミルは素直に頷く。

「うん。すっごく嬉しい」

疲れたし苦労したが、その甲斐《かい》があった。他の女のように、リアはカミルを欲望の対象として見てこない。綺麗で優しくてあたたかくて。カミルは姉が大好きだ。いとこだから結婚も不可能ではない。

それにはジークハルトが邪魔だった。そう思っているのは兄オスカーも同じである。

兄はリアを愛している。だからリアの婚約が流れるよう画策したのだ。それがようやく実を結んだ。

(兄上もぼくにとってはとてつもなく邪魔――)

ジークハルトの結婚がなくなっても、兄が障害として立ちはだかる。どうしようか。

「しかし」

オスカーは眉間を皺《しわ》め、不快感を滲ませる。

「リアの不名誉な噂が流れているな。それは非常に不愉快だ」

「うん……」

きっとメラニーが流したのだ。皇太子に近づくようには言ったが、姉の評判を落とす噂を流してくれなど頼んでいない。

(腹立たしいな)

メラニーは独断で勝手な行動をとった。本性を知らない男からは人気だし、知っている者の中でも熱烈な信奉者はいるが、メラニーはかなりの性格だ。ここ数年、彼女と会うたびに疲れが増していた。

リアと婚約破棄をし、メラニーをあらたな婚約者として選ぶなど皇太子の気がしれない。イザークとリアの仲を誤解したようだから、おかしくなってしまったのだろう。

「仕方ない。私がリアを慰めよう」

そう言うオスカーをひそかにカミルは睨む。兄は外面《がいめん》の良さと裏腹に冷徹だ。逆らえば弟であっても容赦しない。

（こんな兄上に愛されてしまったなんて、姉上、本当に可哀想《かわいそう》だ）

兄の愛は歪《いびつ》だ。カミルもそうかもしれない。リアがこの屋敷にきたときから、兄もカミルもリアに夢中だった。元々屋敷に飾られている肖像画を見るのが、兄弟は幼い頃からとても好きだった。美しい少女が描かれた絵で、それは父の妹だった。月の女神と称されるほどの美貌。

はじめてリアと対面したとき、呆然《ぼうぜん》とした。絵の中から抜け出してきたような少女。会った瞬間に兄弟は心を奪われてしまった。凛とした美しさで、性格は思いやり深く優しい。想いは日々大きくなっていった。

けれど兄がリアと結婚する確固たる意志をもっていて、父にかけ合い、許しも得てしまった。

その矢先、リアとジークハルトとの婚約が決まり、兄は荒れに荒れた。カミルもだ。

皇太子妃になどになってしまえば簡単には会えなくなる。兄とリアの結婚も嫌だが、ずっと公爵家の屋敷でリアが暮らすなら、一緒にいられる時間がもてるからまだマシだ。それでカミルは兄に命じられたとおり、婚約が流れるよう動いた。

メラニーがジークハルトを奪えるかどうか正直、非常に疑問ではあった。ふわふわした外見に反し、野心家でしたたかなメラニー。兄の目論見《もくろみ》どおり成功し、驚いた。

できれば兄とではなく、リアには自分と結婚してほしいとカミルは思っている。

（兄上がいる限り、無理なんだよね……）

カミルは苦いものが胸につかえて、重たい溜息が出るのを止められなかった。


リアは近頃、ジークハルトと全く顔を合わせていなかった。九歳で婚約してから、これだけ会わない日が続くのは昔、彼が屋敷を訪れてすぐ帰ったとき以来だろうか。

ジークハルトからは多忙で会えないと連絡が入っている。しかしメラニーといるところは、たびたび目撃されていた。友人や、兄や弟からそういったことをやんわり知らされた。

（……前世でも確かそうだったわ）

ジークハルトとしばらく会わないまま、舞踏会の日を迎えた気がする。

噂はとても大きく広がっていた。リアとイザークは深い関係だと。リアは皇太子に近づく女性をいじめていると。ジークハルトはリアとの婚約を破棄し、メラニーと婚約すると。

イザークとのことや誰かをいじめているなど事実無根だが、婚約破棄は実際にされる。

（…………）

噂を否定するのも億劫《おっくう》だし、もう悪役でいいと思っている。メラニーはリアと違い、ジークハルトを拒むことなどしないだろう。考えないと決めたのに、リアはぐるぐると想像してしまって、ぐっと押さえつけられたように胸が苦しくなった。

（わかっていたじゃない、こうなるって）

ジークハルトがパウルと似すぎているために、リアは複雑な感情を抱いていた。それで前世でも距離をとっていた。そんなリアの態度に嫌気がさし、ジークハルトはメラニーに惹かれ、彼女を選んだのだろうか。

前世の舞踏会で、ジークハルトは随分青白い顔をしていた。彼の体調を心配したのを覚えている。

お茶会の日は……。

リアは記憶を辿り、その日彼と顔を合わせていなかったことにようやく気づいた。

(……私、あの日、前世でもジークハルト様と会っていないわ……)

前世ではメラニーに離宮の部屋に呼び出され、彼女と紅茶を飲みながら話している間に、リアはなぜか眠り込んでしまって、目が覚めたときは夕刻だった。お茶会は終わってしまっていた。

疲れて眠ったリアを長椅子に横たえ席を外した、と前世でメラニーは言っていた。

(眠り込むほど私、疲れていたの?)

実際眠っていたのでそうなのだろう。今生ではメラニーから、あのあと連絡がきた。

兄のイザークに、慌てていたからちゃんと説明ができなかった、ドレスを取りに行く途中、ジークハルトと遭遇して少し話をし遅くなった、ドレスを持って部屋に戻ればリアはすでに帰ったあとだった、申し訳なかったと。

(そろそろ旅支度をしましょう……)

旅は有意義で楽しかった。リアは必要なものを街で購入した。

室内を整理し、持っていくものと置いていくものを分け、旅立ちの準備を進めた。

第六章　皇太子から逃げられない

舞踏会当日。旅にすぐ出られるよう荷物を整えたあと、兄と馬車に乗った。

今夜、ジークハルトに婚約破棄される。心は静かに凪《な》いでいた。

（覚悟はもう前にすませている……）

豪華絢爛《けんらん》な宮殿前に到着すれば、すでに多くの招待客の姿があった。

カーブを描いた天井に、帝国の紋章と古代神話のフレスコ画が描かれ、壁一面鏡張りとなった楕円《だえん》形《けい》の大広間。華やかな場に足を踏み入れると、今晩婚約破棄されるのでは、という声がそこかしこから聞こえてくる。

「気にすることはない」

隣に立つ兄がリアの肩を抱き、励ましてくれた。

「大丈夫ですわ、お兄様」

兄はリアを心配し、家でも常に気遣い優しく接してくれる。それはカミルもだった。

家族と別れることを思えば少し寂しいが、リアはもう旅に出ると決心していた。

「私、風に当たってまいりますわ」

周囲から好奇の目を向けられるのは、ひどく疲れることだった。オスカーはリアの気持ちを慮《おもんぱか》ってくれ、わかったと頷《うなず》いた。誰もいないバルコニーへと出れば、篝火《かがりび》の間を縫って生ぬるい風が、頬とドレスを撫《な》でていく。ウィスタリアの光沢があるシルクのドレスは、真珠で飾られスカート部分がふわりと広がっている。ダイヤの耳飾りと首飾りは昔、母がつけていたものだ。

バルコニーを奥まで進み、空を仰ぐ。

欠けた月が夜闇《やあん》に浮かんでいた。

深呼吸し心を落ち着かせていると、夜を切るように、ざあっと風の音が立った。

ヴァンが暗闇から姿を見せ、リアはびっくりして手摺《てす》りに手を置いてヴァンを見つめた。

「え……ヴァン？」

「リア」

バルコニーの前でバサバサと翼を広げるヴァンは、本来より小さくなっている。他の人間には見えないが、リアは念のため辺りを見回す。幸い人影はなく、ほっと息を零《こぼ》しヴァンに視線を戻す。

「どうしたの？」

「心配で」

「心配？」

「うん。今日は、なんか運命のうねりを強く感じるの」

運命のうねり……？　それは何だろう。リアにとって今日がターニングポイントであるのは確かだ。

ヴァンはくるんと尾を回す。あまり長くはここで話せない。

「私ね、今日家を出るわ。もう少ししたら一緒に旅をしましょう？」

「もちろん」

ヴァンは快諾してくれたけれど、不安そうに瞬《またた》く。

「どうかしたの？」

「ボク、少しここにいてもいい？」

「でも人に見つかってしまったら、驚かれてしまうわ」

「ボクの姿は見えないから」

「――一人で何を話している？」

ひどく重たく低い声にはっとする。バルコニーの出入り口に、金糸と銀糸で飾られた肩章をつけた正装姿のジークハルトが立っていた。久し振りに彼の姿を見、リアは一瞬息を呑《の》んだ。お茶会では会わなかったから、花火の日以来である。

そのときも具合が悪そうだったが、今はそのときより悪化して見えた。頬はこけ鋭利となり、双眸《そうぼう》は異様な光を放っている。美貌は損なわれていないが体重はかなり落ちたように思うし、放つ雰囲気が様変わりしていて、昏《くら》く苛烈だ。

こちらに歩いてくるジークハルトにリアは声をかけた。

「ジークハルト様……大丈夫なのですか？」

そういえば……前世でも同じように開口一番、彼にそう尋ねた。

(ジークハルト様の顔色が悪くて。心配で会ってすぐにそう訊いたわ)

「もちろん大丈夫だ」

彼は痛いほどこちらを見つめ、乾いた声を立てて笑った。大丈夫そうには見えない……。

舞踏会に出席できる状態なのかどうかも危ぶまれた。

「……どうされたのですか」

彼はすぐに笑いを止めると、至極冷ややかな声で答えた。

「君に心配されるようなことは何もない」

リアはきゅっと唇を噛《か》みしめ、俯《うつむ》く。

（……そうよね。彼は、違うひとを選ぶのだもの。私のことなんて必要としていない）

「……」

彼は目を眇《すが》め、手摺りに視線を流した。

「今、ここで君は何か独り言を言っていたが――」

ジークハルトは空に手を伸ばした。それが偶然、翼をはためかせるヴァンの身体《からだ》に触れる。パチッと弾《はじ》けるような音と共にヴァンが姿を消し、リアが硬直するのと、ジークハルトが呻《うめ》くのが同時だった。

「……う……っ」

彼は顔を掌《てのひら》で覆う。リアはヴァンのこともだが、ジークハルトが心配でその背を支えた。

「ジークハルト様、大丈夫ですか……!?」

「触るんじゃない」

彼はリアの手を掴《つか》んで自分から離させる。彼は地を這《は》うような声を発した。

「大丈夫だと言った」

「ジークハルト様……」

彼の顔色は蝋《ろう》のように白い。自分に心配されても迷惑なだけかもしれないけれど、心配せずにはいられなかった。医師を呼びに行くべきだ。彼は手摺りに手をつき、肩で息をしながら告げた。

「……舞踏会で、君に大切な話がある」

ジークハルトはリアを苦しげに見たあと、踵《きびす》を返す。リアはその後ろ姿を立ち尽くして見送った。

(……絶対、お加減が良くない)

しかしジークハルトはリアの助けを必要とはしていないのだ。メラニーは『風』の術者。

彼女なら、ジークハルトはリアの体調を快復させることもできるだろう。ジークハルトのことは彼女に任せておけばいい。自分が心配することは何もない。リアは自分自身にそう言い聞かせて、彼に駆け寄ろうとする思いを押し留《おとど》め、空へと視線を移した。


ジークハルトは大広間を横切り、廊下へと出る。先程、空中に手を伸ばしたとき何かに触れた気がした。

(一体、あれは何だ)

見えなかったが、あそこには何かいた。それに触れた瞬間から猛烈な吐き気に襲われ、頭ががんがん痛んだ。

大宮殿を出て、部屋へと向かう。リアとイザークが抱き合っているのを目撃してから、食事が喉を通らない。無理に口にしては吐いていて、体調は最悪である。

先程何かに触れたあと、さらに悪化してしまった。

（オレは死ぬのでは？）

冗談ではなくそう思いながら自室の扉を開け、崩れるようにして寝台に倒れこんだ。

「はあ、はあ……」

不規則な息を繰り返す。

――死ぬのもそれほど悪いことではないかもしれない。

（何より大切なものを、オレは自ら切り捨てようとしているのだから。今以上の絶望を味わうとわかっているのに……）

リアとの婚約を破棄する。自分でもどうすれば良いかわからないくらい憎悪が膨れ上がっている。

愛情と同じ強さで、リアを憎んでいる。

滴る汗を拭い、意識はそこで途切れた。


リアはジークハルトとヴァンを気にかけながら、煌《きら》びやかな大広間で緊張して過ごしていた。

こそこそと噂《うわさ》する声が聞こえてくる。メラニーの姿は会場内にあるが、ジークハルトの姿は見えない。リアは落ち着かない気持ちで手を握りしめた。彼は医師のもとに行ったのだろうか。

（そうなら良いのだけれど……もしかして、どこかで倒れているなんてないわよね……）

だがあの体調からして考えられ、リアは不穏に胸が騒ぎ、強い焦燥にとらわれた。

「お兄様、私――」

彼を捜しに行こう。大広間から出ると兄に告げようとした、その瞬間だった。

ジークハルトが入り口に現れるのが視界に入った。彼は足を止め、ざっと視線を巡らせると、リアと目が合い再度動き出した。先程より、足取りはしっかりしている。

（良かった……体調快復されたみたい……）

そんな彼の傍《そば》にメラニーが素早く近づいていく。リアはじくっと胸が痛むのを感じた。

目を逸《そ》らせ下を向くと、途端すぐ傍で声が響いた。

「リア」

顔を上げれば、目の前にジークハルトが立っていた。その背の向こうでは、メラニーが眉をしかめてこちらを見ていた。

「踊ろうか」

リアはこくんと息を呑む。

「……はい」

指先を触れ合わせる。ジークハルトとの最初のダンス後、彼は皆の前でリアとの婚約を破棄し、メラニーと婚約をすると宣言をするのだ。

しかし彼は――。

「君との婚約を破棄しない」

リアにそう告げた。

控え室で兄と二人、呆然《ぼうぜん》としていた。

「どういうことなんだ……」

リアだけではなくオスカーも、リアが婚約破棄されるものと考えていたのだ。

驚愕《きょうがく》し張り詰めた空気のなか、リアは束の間、過去を思った。

「帰ろう、リア。顔が真っ青だ」

舞踏会はまだ序盤だが、オスカーはリアの腰に手を回し、席を立つ。すると、ふいに扉が開いた。

「……ジークハルト様」

ジークハルトがこわばった顔で歩調を速めて、つかつかと近づいてきた。

「来るんだ」

彼は腕を伸ばし、リアの手を強く掴んだ。

「……殿下」

オスカーが割って入る。ジークハルトは目だけで殺せそうな勢いで、兄に視線を投げた。

オスカーは一拍、言葉をのみこんだ。

「……てっきり、リアとの婚約は破棄されるとばかり思っておりましたが……」

ジークハルトはリアを連れて歩きながら、見ている者がぞっとするほど冷たく残酷に笑った。

「おまえは、まるで婚約破棄を待ち望んでいたようだな？」

「いえ。決してそのようなことは」

扉を開け、ジークハルトはオスカーを鋭く一瞥《いちべつ》する。

「残念だったな、オスカー？　婚約破棄などしない。リアには今日から皇宮で暮らしてもらう」

棒を飲んだように目を見開くオスカーを残し、ジークハルトはリアの手を引いて控え室を出た。

「……ジークハルト様」

何度もリアは呼びかけるも彼は無言で円形階段を下り、大広間から離れる。大理石の廊下を一言も発さず進む。

「どちらへ行かれるのですか」

ジークハルトは答えないが、彼から確固たる意思を感じた。どこか様子がおかしいことが気にかかる。

（どうしたの……）

それに先程の言葉。皇宮で暮らしてもらう……？

ジークハルトに手を掴まれ、その後ろを歩きながらリアは彼に視線を配った。バルコニーで会ったときよりは体調は良さそうだ。それに安心するが今の彼の行動がわからず、リアの胸に疑問が渦巻く。

（前世とも、さっきバルコニーで話した彼とも、どこか感じが違う……）

花火の上がる音が聞こえる。前世は婚約破棄され、大広間を出たとき、虚脱しながら花火を視界に映した。

ジークハルトは彼の暮らす白亜の宮殿内に入ると、長い廊下を通り、自室の扉の前で足を止め、リアを連れて入室する。美しく豪奢《ごうしゃ》な室内だ。

続き部屋の扉を開け、そこに足を踏み入れたところで、ようやく彼はリアの手を離した。

「今夜からここが君の部屋だ」

「え……」

彼は唇の端を緩く上げる。

「さっき話しただろう。君に皇宮で暮らしてもらうと。君の部屋は、ここだ」

広々とした室内は、今朝摘まれたばかりと思われる薔薇《ばら》が飾られ、家具調度品は品があり格調高い。

「ここはジークハルト様のお部屋では……」

間に仕切りの扉があるが、ジークハルトの主寝室と繋《つな》がっていた。

「ああ」

ジークハルトはリアの顎を人差し指と親指で摘まんだ。リアはびくっと背が揺れた。

彼の双眸に壮絶な激しい光が宿っている。

「君から目を離すわけにはいかない」

「……どういうことですの」

彼は吐息の触れる距離で囁《ささや》いた。

「リア。君は『闇』寄りではなく、『闇』術者だ」

「………………！」

心臓を掴まれたようにリアは愕然《がくぜん》とし、喉の奥が震えた。

（……どうしてジークハルト様がそれを知ってるの……？）

今まで誰にも話したことはないし、気づかれたこともなかった。数百年に一度現れるかどうかといわれる『闇』術者。ヴェルナーにさえ、感知されていないのに。

「最初はわからなかったが、バルコニーで君が話していたのは高位の魔物だ。帝国には、いにしえより結界が敷かれてある。皇家直系であるオレが触れたため、魔物は帝国外に強制的に飛ばされたのだろう。もう帝国に入ってくることはできない」

衝撃のあまり、青ざめるリアに、ジークハルトは浅く笑う。

「君は魔物と会話をしていた。手なずけ、契約を結んでいるのだろう。結界で守られた帝国に、魔物を導ける者など『闇』術者しかいない」

確信のこもったジークハルトの視線から、リアは逃れるように目を背け、平静を装う。

「違いますわ。私は『風』術者の『闇』寄りです。決して『闇』術者では――」

彼はリアの髪を長い指で梳《す》いた。毛先まで、まるで愛《いと》おしむように。

髪に感覚はないはずなのに、甘く感じる指先。

「隠してもわかっている。君は術者の頂点ともいうべき『闇』術者だ。帝国で尊ばれるが、危険な存在でもある。君が何者かに利用されれば、大変なことになるからな。今後オレの目の届く場所で、ずっと生活をしてもらう。結婚前の今も、結婚後も」

結婚を見越した言葉にリアは息を詰めた。

「……私と結婚するおつもりなのですか？」

「なぜそんなことを問う。君が九歳、オレが十歳のとき婚約してから君はオレのものだ。このオレから逃げられるとでも思っているのか」

彼はリアの二の腕を掴んだ。どこにも逃がさないとばかりに。

彼はイザークの妹メラニーと、あらたに婚約するのでは？

「ジークハルト様……メラニー様は……」

リアは言葉が縺《もつ》れ、声が震えた。

「ジークハルト様は……メラニー様がお好きなのでは」

リアはそれを今まで彼に尋ねたことがなかった。彼自身の口から決定的なことを聞くのが怖かったためだ。前世、旅に出たあとも意識的にこの国の情報は入れないようにしていた。ジークハルトがメラニーと婚約したあとのことは全く知らない。ジークハルトは不快げに眉間に皺《しわ》を刻んだ。

「彼女に特別な感情は抱いていない」

「ですが……」

リアは自らの手を握る。

「メラニー様との噂を耳にしましたわ……」

ジークハルトは嘲るように呟《つぶや》いた。

「噂ならオレも耳にしたが？　君と幼馴染《おさななじ》みが深い仲だと」

「イザークは友人です」

彼はリアから手を離し、感情を抑えるように横を向く。彼の横顔に黄金色の髪がふりかかる。

「──ああ、そうなのだろう。君は自分の噂は否定するのに、オレについての噂は信じるわけか」

噂だけではなくリアは実際、前世立ち会った。ジークハルトがメラニーとの婚約を宣言した瞬間に。しかしそれを伝えるわけにもいかない。

「君にはこの部屋にいてもらう」

国外に出るつもりだったリアは葛藤し、唇を噛んで俯いた。

「逃げれば君を殺すと言ったが、言い換える。リア、君が逃げれば、オレは君の家族を殺す。オスカーとカミルを、必ずオレはこの手で惨殺する」

（え――）

リアは慄然とし、慌てて顔を上げた。横を向いたまま彼は、きつく唇を引き結んでいる。強い、ゆるぎない決意が見える。ジークハルトは本気だ。

（逃げられない……）

何をもってしても、この皇太子から。

リアは蒼白《そうはく》になり、それを悟った。

◇◇◇◇

ジークハルトの続き部屋で暮らすことになったリアは、突然のことに動揺し、何も考えられなかった。身の回りのものなど、必要なものは早急に手配され、揃《そろ》えられた。

屋敷からもリアの私物が運ばれた。家族、特に兄と弟が猛烈に抗議したらしいが、この部屋に連れてこられて少しして、ジークハルトにリアはこう聞かされた。

「君の兄弟は帝都を離れ、国外に出た」

「え……!?」

ジークハルトは淡々と説明をした。

「君の兄は以前からツェイル王国に興味があったようだし、君の弟も見聞を広めるため、共に留学するのが良いとオレから公爵に提案したのだ。それで彼らはツェイル王国に行った。今はもう帝国にいない」

確かに、兄は芸術の発展したツェイル王国へ滞在したいと話していたことがあった。

しかしあまりにも突然すぎる。

「そうそう、イザークは隣国リューファスに留学するそうだ。君も知る近衛兵《このえへい》のローレンツは本人の希望で国境の街に赴任した。そこで彼の祖母が暮らしているらしい」

リアには何がなんだかわからなかった。

「一体どういうことですの？」

ジークハルトは、リアの疑問の眼差《まなざ》しを受けて嘆息した。天井に掌を向け、肩を竦《すく》めてみせる。

「さあな、オレも知らない。ただ彼らが自ら望んで帝都を離れた、それだけのことだ。君が彼らのことを考える必要は微塵《みじん》もない」

ローレンツについてはわからない。イザークは留学に関心を寄せてはいたが……。

リアは違和感を覚えた。

(同時期に……こんな急に？)

「ああ、それと、君の幼馴染みの妹だが」

長椅子に座ったジークハルトの表情が一転冷ややかとなり、リアはどきりとした。

「メラニー様が何か？」

「彼女は人買いに君の誘拐を依頼した疑惑がもたれている。彼女はそういった輩《やから》を金で雇っていた」

「——え？」

「今、監督官が尋問中だ。彼女の友人である伯爵家の嫡男から、密告があったのだ。もうこれ以上、彼女を放っておけないと。おかしな噂を広げていたのも彼女で、他にも色々画策していたようだ。君を空中庭園から突き落とそうともしていたらしい」

リアは戦慄し息が止まった。空中庭園で誰かに背を押された気がした。前世では人買いに捕まった。

(けれどそれ……まさか……メラニー様が……!?)

「その様子なら、思い当たるフシがあるようだな。メラニー・クルムのおぞましい所業が事実と判明すれば、彼女に極刑を言い渡す」

冷酷に告げて、立ち去ろうとしたジークハルトをリアは慌てて引き留めた。

「お待ちください、ジークハルト様！」

ジークハルトはこちらを振り返る。

「なんだ」

「極刑というのは……どういうことですの」

「噂を流すだけでも不快だが、メラニー・クルムは、数々の残虐な計画を企てていたのだ。死をもって贖《あがな》ってもらう」

リアは喉を鳴らした。屋上から突き落としたり、誘拐が事実彼女の仕業なのだとしたら、それは罪に問われる行為だ。誘拐については今生では行われなかったが、前世は非常に恐ろしい思いをした。

今生、突き落とされたのもヴァンがいなければ死んでいた。想像すれば寒気がする。

でも彼女はイザークの血を分けた妹なのだ。

「万一、彼女がそういった計画を立てていたとしても、被害者が出たわけではありません」

「出ているではないか。オレも君も噂で忌まわしい思いをした。運がよかっただけで君は命を落としていたかもしれないんだ。彼女は断罪されなくてはならない」

「大きな被害は出ていません。極刑なんてどうか考え直してください」

妹のメラニーがそんなことになればイザークが悲しむ。彼を苦しめたくない。

ジークハルトは一旦黙し、リアとの距離をゆっくりと詰めた。

「そういえば、リア」

彼はすいと目を眇める。

「従僕に、君の荷物を屋敷へ取りに行かせた際、室内が整理され旅支度がされていたと報告を受けた。今すぐにでも家を出られる状態だったと。長期の旅を想定したものだったと」

リアは視線を揺らせた。

「君はオレという婚約者がいながら、帝都を離れる気だったのか」

実際帝都を離れようと思っていたから口ごもってしまうと、彼は皮肉な笑みを唇に漂わせた。

「やはり君をここに留め置いたのは正解だったな。舞踏会のあとすぐにでも旅に出るつもりだったのか?」

「私は……」

言い当てられ、リアは返答に窮し、目を伏せた。

「今後そんなことを考えないことだ。オレの言ったことを決して忘れるな」

彼は念を押し、退室した。

◇◇◇◇◇

リアが『闇』術者であることを、ジークハルトは誰にも話していないようだった。結婚が待ちきれない皇太子が、溺愛する婚約者を傍に置いていると皇宮内では思われている。身の回りの世話をしてくれている侍女たちの様子からそうわかった。丁重な扱いで、必要なものは何でも用意してもらえた。

しかしリアは、基本的にこの部屋から一歩も出ることはできない。鍵をかけられているのだ。

唯一出られるのは、ジークハルトと庭園で過ごすときだけだった。食事は侍女によって運ばれてき、トイレもお風呂も部屋に備え付けられていて、生活に困ることはない。窓から外の景色を見ることはできる。が、ここに来てすぐ窓に格子が取り付けられた。閉じ込められている、と感じてしまう。

(これは軟禁ではないの……?)

外のことがまるでわからなかった。公爵や友人から手紙が届きはするが……。

今、ヴァンはどうしているのだろう。何度も呼びかけてみるも姿を見せなかった。

おそらくジークハルトが言っていたように、帝国外に飛ばされて、その後国内に入ってくることができなくなっているのだ。ジークハルトは皇家の直系で、帝国内の魔物を排除する力がある。

皇家の人間は大昔に、そういった力を精霊王から授かったといわれている。

兄、弟、イザークが留学し、ローレンツが国境の街に赴任したのは事実のようで、麗しい方々が皆帝都からいなくなり、寂しくなってしまったと侍女たちが悄然《しょうぜん》と話していた。

公爵の手紙でも、兄と弟の留学について書かれてあった。

舞踏会のあと、リアはヴェルナーと旅に出る予定だったが、ここに連れてこられてからは、全く連絡を取れていない。まさか、彼まですでに国外ということはないだろう。

◇◇◇◇◇

「どうした。食べないのか」

ジークハルトと共に部屋で食事をとるのが、皇宮に来てからのリアの日常だ。

「ジークハルト様」

「なんだ」

「いつまで私をここに置いておくおつもりですの？」

問いを投げかけると、ジークハルトは当然とばかりに返した。

「ずっとだ。君は貴重な『闇』術者。保護する目的もあって皇宮に連れてきた」

リアは淡く息を零す。

（行動を制限されることを父様と母様は危惧して、誰にも内緒にするようにと私に言ったんだわ）

「きちんと食事をとれ」

贅《ぜい》を尽くした料理がテーブルに並んでいるが、ジークハルトもあまり食べていない。

彼はじっとリアを見つめる。

「リア、ここに来たことで、体調を崩したりはしていないか？」

「……ええ」

リアを気遣う彼の双眸には苦しげな翳《かげ》りがある。リアは最初こそ混乱したが、今は落ち着き、冷静になっている。ジークハルトという男は、確かに冷酷と思える言動をとったりするが、決して悪人ではない。非人道的なことをする人間ではないと彼と過ごしてきたなかでリアは思う。

前世でも婚約破棄の一件を除けば、彼はリアを傷つけるようなことはしなかった。ジークハルトは尊大だが根は優しい。

当初、この状況を軟禁と考えたが、違うのかもしれない。ある意味、リアは自分の意思でここにいる。おそらく仮病を使うなり、泣き叫ぶなり、心から抗議するなりすれば、ジークハルトはリアをここから出してくれるはずだから。リアが本気で嫌がることは彼はしないのではないか。

舞踏会の日の言葉を、今リアは額面どおりに受け取っていない。思い返すと、彼の不穏すぎる言葉は、救いを求める魂の叫びのようだった。自分にはわからない深い事情が、何かあるのだろう。

いつも理性的なジークハルトが今は不安定でどこか危うく、そんな彼が心配で一人にできなかった。

「ジークハルト様……どうなさったのですか？　なんだかおかしいですわ。何があったのですか？」

リアが『闇』術者であることは、彼は公にしていないし、それだけで自分を置いたとは思えない。

侍女たちが言うような、結婚が待ちきれずにというものでもない。

リアは自身と家族の境遇についても悩むが、こうして前に座るジークハルトのほうが余程、悲愴《ひそう》だ。

「別に何もない」

「そんなふうには思えません。体調が良いようにも見えません」

「オレの心配をするのであれば、食事をとってくれるか」

強く言われ、リアは渋々頷く。

「……わかりました」

リアが料理を口にすると、彼は愁眉を開いた。

食事を終えたあと、リアは意を決し、彼に言い募った。

「私、連絡したいひとがいるのです」

「君の兄弟ならこの国にいない。幼馴染みもそうだ」

彼らのことも気になるが、手紙で状況は大体わかっている。女友達や、リア付きメイドであるイルマの手紙も公爵の手紙と一緒に届けられている。しかしリアからは誰にも連絡を取れない。

「違うひとです」

彼はふっと表情を曇らせた。

「では誰だ。ローレンツか？　彼も――」

「そうではありません」

どうしてローレンツが出てくるのだろう。皇宮を訪れた際、会話を交わすことはあったが、個人的に連絡を取り合ってなどいないし、特別な関わり合いはない。

「魔術探偵をしている方ですわ」

ジークハルトは苦々しく眉間を皺めた。

「一体どういう関係だ」

「友人です」

「なぜ会いたい？」

「彼に頼み事をしていたのです。舞踏会のあと私はここにきましたので連絡が取れておりません。心配をしているはずですので、話をしたいのです」

ジークハルトは首を左右に振って一蹴する。

「君をここから出せない」

「では彼を皇宮に呼んでいただけないでしょうか」

会いに行けないなら彼にここに来てもらうしかなかった。ジークハルトは苛立《いらだ》たしげに顔を背ける。

「ジークハルト様、お願いします」

リアが言葉を重ねれば、彼は沈黙したあと、溜息《ためいき》を落として口を開いた。

「――考えておく」

◇◇◇◇

それから少しして、ジークハルトはヴェルナーを皇宮に呼んでくれた。

「君の会いたい男というのは、賭博場の経営者だったのか……。どのように知り合った？」

「道に迷ったとき案内してくれたのですわ。悪いひとではありません」

あまりにジークハルトが驚き、不審そうにするのでそう言い添えた。

リアはジークハルトと宮殿内にある応接の間へと向かった。上品な装飾の施された室内で、ジークハルトと並んで、透かし彫りの椅子に座る。

「ジークハルト様。できれば話はヴェルナーと二人だけで――」

すると彼から軽く睨《にら》まれた。

「駄目だ」

（仕方ない……ぼやかして、ヴェルナーに話すしかない）

リアたちが部屋に入ってしばらくして、ヴェルナーが衛兵に案内されてやってきた。

見たところ、彼は変わりない。

「ヴェルナー、久しぶり。来てくれてありがとう」

「いや。元気そうでよかった」

和やかに会話するリアとヴェルナーの間に入り、ジークハルトは冷血な眼差しでヴェルナーに詰問する。

「君は一体、オレの婚約者とどういった関係だ？」

ヴェルナーはジークハルトに視線を向け、瞠目《どうもく》した。

そのあとちらっとリアを見、ジークハルトに視線を戻した。

「――お初にお目にかかります、殿下。ヴェルナー・ヘーネスと申します。彼女とは友人付き合いを。幼いときに彼女が街で迷っていたのを屋敷までお送りし、そのときからの付き合いです」

「男女の関係ではないのだな」

リアは真っ赤になって隣のジークハルトを仰いだ。

「違いますわ！」

「オレはこの男に訊《き》いている」

「今申し上げましたとおり、ただの友人でございます。過去、現在、未来、彼女と男女の仲になるなどありえません」

ヴェルナーは日頃は口が悪いのだが、上品に丁寧に振る舞おうと思えばできるのだ。

彼の賭博場にやってくるのは、王侯貴族である。仕事上必要であるため、立ち居振る舞いのマナーを身につけている。ジークハルトは探るように尖《とが》った目線でヴェルナーを見る。

「それで、リア。この男への用件とは？」

「……はい」

リアはヴェルナーにまず謝罪した。

「……ごめんなさい、伝えるのが遅くなって。ヴェルナー、私は今皇宮に来ていて」

ヴェルナーは軽く頷く。

「前に約束していたことは忘れて。私――」

ジークハルトが疑問を口にする。

「前に約束していたこととは何だ？」

リアはこくっと息を呑んだ。

「それは――」

「――もし彼女が何か困ったことに巻き込まれるようなことがあれば、救ってほしいと言われていたのです」

ヴェルナーは静かにそう話した。

「幼い頃、家まで送り届けたおれを彼女は信頼してくれているのです。しかし彼女は皇宮で過ごすこととなりました。殿下に守ってもらえ、そういった危険がなくなったということでしょう」

「ええ。そ、そうなのですわ」

リアはヴェルナーに合わせ、相槌《あいづち》を打った。

「ほう？　では約束の内容は、また迷子になったら助けてくれというものなのか？」

ジークハルトは両腕を組んで、皮肉を込めて訊く。

「ジークハルト様――」

すべては話せないものの、リアはある程度ジークハルトに説明をするしかないと感じ、唇を開いた。

「あの……。実は私、旅行にいこうと思っていたのですわ。それでヴェルナーに帝都を出るまで、案内を頼んでいたのです。道に迷ったら困りますから。でも皇宮にいることになりましたし、旅行することはありません。なのでその約束は忘れてほしいと伝えたかったのです」

さすがに、一緒に国外へ出ようとしていたとまでは話せない。人買いについても、メラニーの罪が重くなってしまうかもしれないし、今生で被害に遭ったわけではないし、言う必要はない。

「彼に伝えたかったのはそれだけですわ」

ヴェルナーと話をしたかったが、ジークハルトにいらぬ誤解を受けそうなので諦めた。ヴェルナーに迷惑はかけたくない。謝罪と、現在置かれている状況、旅に出られないことは一応伝えられた。

「そうか。なら行くぞ」

「殿下」

リアを連れて退室しようとするジークハルトに、ヴェルナーが力を込めて願う。

「一度握手をしていただけないでしょうか？　殿下にこうしてお会いできるのは、これが最後かもしれませんので」

ジークハルトはヴェルナーに命じる。

「その前に、眼帯を外せ」

「――はい」

ヴェルナーは眼帯を外した。彼の瞳は左右で色が違う。右がグリーン、左がブルーだ。

美しいがヴェルナーは自身の瞳を気に入っていない。

「オッドアイか……。魔術探偵の中でも、優秀な者はオッドアイだと聞いたことがある」

ジークハルトはヴェルナーの前に手を差し出し、彼と握手をした。

「ありがとうございます、殿下」

ヴェルナーは深く頭を下げる。だが足を縺れさせ、机の角に頭を強打した。

しかも足を挫《くじ》いたようで、その場に蹲《うずくま》った。彼の額からは血が出ている。

「う……」

リアは唖然《あぜん》としてしまった。運動神経が良く、器用な彼がそういったドジをするのは珍しい。

はじめて見た気がする。

(ヴェルナー……どうしちゃったの……)

「殿下にお目にかかり、しかも握手をしていただき舞い上がってしまいました……。頭を強く打ってしまいました」

屈《かが》みこんでいるヴェルナーを、ジークハルトはいささか呆《あき》れたように見下ろす。

「……仕方ない。宮廷医師を呼ぼう」

ジークハルトが扉を開けて廊下に出、リアはヴェルナーの横にしゃがんだ。

「ヴェルナー、大丈夫?」

驚きすぎて心配するのが遅れた。大丈夫だろうか。すると彼はぱちりと目を開けた。

「大丈夫に決まってんだろーが」

「え?」

彼は俊敏に、さっと身を起こす。

「リアと話したくてわざと転んだんだ。こうでもしないと、あの皇太子が君に張り付いて、離れねー」

彼はいつもの口調でニヒルに笑んだ。なんともないようでリアはほっとした。

「よかったわ」

「よくねぇよ」

彼は天井を仰ぎ、深々と息をついた。

「おれはこれから体調を崩すことにするよ。で、皇宮に滞在する。おれは君を救うって約束した。約束を破るのは性に合わねぇからな」

「え?」

ヴェルナーはリアの肩に手を置き、忠告の言葉を重く発した。

「あの皇太子には気をつけろ。あれはヤバいし、危険だ」

「危険って……」

(どういうこと?)

ヴェルナーはポケットから何かを取り出し、自らの口に放り込む。リアは目を瞬いた。

「それは?」

彼はにやっと笑った。

「一時的に具合が悪くなる薬さ」

「医師を連れてきたぞ」

ジークハルトが医師を呼んで戻ってきた。ヴェルナーは額の傷の手当てを受けている間に意識を失い、奥の部屋に運ばれて治療を受けることになった。

◇◇◇◇◇

リアはジークハルトに部屋へ送られたあと、室内をうろうろとした。

(気をつけろって……。危険ってどういうこと？)

ヴェルナーに会いに行きたいが、部屋に鍵がかけられているため出られない。窓を開けてみるも格子が嵌《は》められている。リアは気が急《せ》いて仕方ない。

夕食を終え、就寝の準備をし、すべて終われば侍女は下がった。続き部屋には再度鍵がかけられた。

悩んでいたが、はっと一つ良い案が浮かんだ。

(そうだわ、こちら側からだと鍵がかかっていて出られないけれど、ジークハルト様の主寝室のほうにいれば、廊下に繋がる扉を開けて出られる)

主寝室は内側からしか鍵をかけられないので、隣の部屋にいればいいのである。

すると執務を終えたジークハルトが部屋に戻ってくる音がした。彼は続き部屋に来る。いつも彼は最初にここの扉を開ける。

「変わったことはなかったか」

さっきまで共に夕食をとっていたし、それからは就寝の準備をしただけで、変わったことなど何もない。

「いいえ、何もありませんけれど」

「そうか。ゆっくり休め。明日、少し話がある」

ジークハルトは扉を閉める。その後お風呂に入ったのが、隣室から聞こえる音でなんとなくわかった。

リアはしばらく考えたあと、扉を叩《たた》いた。がちゃりとそれが再度開く。

「まだ起きていたのか？」

彼の髪の毛先は濡《ぬ》れ、透明な雫《しずく》を作っていた。

「あの、ジークハルト様」

「ん？」

「私、ジークハルト様と同じ部屋で休みたいのです」

彼の部屋の長椅子で休めば、彼が寝静まったあと内側の鍵を開けて出られると、リアは考えた。

ジークハルトは真顔となり、まじまじとリアを見た。

「同じ部屋で？」

「そうですわ」

「本気か」

「本気ですが」

「オレはいいが、君はいいのか」

「はい」

「――わかった」

彼は続き部屋の扉を閉める。

「では今日は、この部屋で休む」

(え……)

ジークハルトのその言葉にリアは当惑した。自分が彼の部屋に行こうと思っていたのだが……。

しかし彼がこちらに来るのであれば、向こう側から鍵はかけられないのだから同じことだった。

「支度は済んだのか?」

「ええ」

「オレもだ。じゃあ休もうか。……ああ」

彼は隣の部屋に一旦戻り、呼び鈴を鳴らして侍女を呼んだ。少ししてやってきた侍女に、ジークハルトは命じた。

「オレがこの部屋に入れば、そちら側から鍵を閉めろ。朝、起こすときまでかけたままでいい」

「かしこまりました」

仕切りの扉は向こう側からがちゃりと閉められてしまい、リアはさあっと青ざめる。

(え……嘘《うそ》……!? どうしよう……これじゃ朝まで出られないじゃないの……)

「どうしたんだ」

俯いたリアにジークハルトが問いかける。リアは一拍間が空いたあと、言った。

「ジ、ジークハルト様。これでは主寝室の鍵がかけられませんわ。不用心では?」

「夜は衛兵が建物の外に控えているし、オレの宮殿に入りこむ不届き者はいない。何も心配ない」

リアは計画が潰《つい》え、内心激しく気落ちしてしまう。

(駄目だった……)

「では寝台へ」

そう言って彼がリアの手首を掴んだので、リアはさらに慌てた。

「わ、私は長椅子で休みますわ」

「君を長椅子で休ませるわけがないだろう」

彼はリアの背に手を回し、寝台へと連れていく。彼は長身の身を屈め、リアの顔を覗《のぞ》き込んだ。

「君がオレと同じ部屋で休みたいと言ったんだ」

(ど、どうしよう……)

狼狽《ろうばい》してしまうと彼は笑い、リアから手を離した。

「どうせオレが眠っている間に、抜け出そうとでも考えていたんだろう」

図星を突かれ、リアは目を泳がせた。

「オレにも鍵を開けられない。一緒にいるしかない。さあ、婚約者のオレと君で二人きりで、朝まで何をして過ごそうか?」

彼は寝台に腰を下ろし、長い足を組んだ。

「ジークハルト様……」

冷や汗が滲《にじ》むと、彼は吐息を零した。

「明日話そうと思っていたが今話しておく。自白剤を飲ませたメラニー・クルムが洗いざらい吐いた」

「え……」

リアははっと目を見張る。

「メラニー様が……」

「ああ。彼女は君の弟に頼まれ、オレに近づいたらしい」

「カミルに頼まれて……」

(どういうこと……⁉)

「オレに近づき婚約が流れるよう動いてほしいと、カミルに言われたらしい。彼女は彼に恋をしていた。自身の野心もあり彼に従ったようだ。噂を流したり、君を突き落とそうとしたり、誘拐を企んだのは彼女の独断だが。君の兄弟がオレたちの結婚を壊そうとしていたのは事実だ」

思いもよらないことに、リアは喉の奥が詰まる。

「君から極刑に処すのはやめてほしいとの要望があったので、彼女の記憶を消し、侯爵家に引き渡した。侯爵は娘を所領の屋敷に置き、帝都には生涯足を踏み入れさせないと約束をした。告発した友人は今後彼女を見守り支えたいと、彼女と共に行くと話していた。愛しているらしい」

リアはジークハルトの話を呆然と聞いていた。

「カミルはどうして、彼女にそんなことを……」

カミルが関わっていたなんて、腑《ふ》に落ちないリアの前で、ジークハルトは苦々しげに唇を歪《ゆが》めた。

「彼は君のことが好きだからだろう」

(好きだから?)

「それでカミルは、オレたちの邪魔をするよう彼女を唆したんだ」

リアは理解できずに、かぶりを振った。

「カミルがそんなことをするなんて……信じられませんわ」

ジークハルトは眉をしかめ、嘲るように続けた。

「弟だけではない。君の兄もだ。そもそも弟に命じたのは兄のオスカーだ」

（お兄様が……）

「どうして……」

「弟と同じ理由だ。君のことが好きだったから、だ」

「私も兄とカミルのことが好きです。好きだからこそ、そんなことをするなんて信じられません……」

ジークハルトの瞳に濃い影が差した。

「オレは彼らの気持ちがわからないこともない。好きだから、結婚してほしくなかったのだろう」

リアにはわからなかった。だが、ジークハルトが、でたらめを言っているようにも見えなかった。

本当のことを話しているのだ。

「……兄と弟が関わっていたというのは事実なのですね」

「ああ。直接的にではないし、君に危害を加える気は一切なかっただろうがな」

リアは動揺する心を懸命に宥《なだ》め、頭を下げた。

「……申し訳ありませんでした。ご迷惑をおかけして……どうかお許しください」

「君が謝る必要はない」

リアは顔を上げ、おそるおそる訊いた。

「兄と弟は何らかの処罰を受けるのですか」

彼は首を左右に振る。

「いや、彼らが海外で学ぶ間に、頭を冷やすことを願っている」

リアは胸を撫で下ろした。ジークハルトは低く押し殺した声で呟いた。

「数十年は帝国に戻す気はないが。もし前のようなことがあれば――そのときは容赦なく、あの男らに厳正な処分を下す」

「……え」

今彼はなんと言ったのだろうか。声が低すぎて聞こえなかった。ジークハルトはリアの頬に触れる。

「それより、リア」

彼は指でリアの頬をなぞった。

「今後、無闇に夜、同じ部屋で休みたいなどと言うんじゃない。誘っていると思うぞ」

リアは頬に朱が集い、俯くようにして頷いた。

「申し訳ありません」

「君は寝台で休め。オレが長椅子で眠る」

皇太子である彼を、それこそ長椅子で休ませるわけにはいかない。

「寝台をお使いください。長椅子は私が」

「ではこうしよう」

彼は髪をさらりと揺らせた。

「寝台を二人で使う。寝台の幅はあるし、二人でも眠れるだろう」

「二人で？　それは……」

「オレと眠るのは嫌か？　ではオレは長椅子で――」

「……わかりました。ここで二人で眠りましょう」

一人では広すぎるくらい幅があるから、確かに二人でも充分眠れる。しかし問題はそういうことではない。子供の頃から前世も含め、今まで寝台で異性と一緒に眠ったことなどない。

自業自得だが、おかしなことになってしまった。

ジークハルトが部屋の灯《あか》りを消す。

彼とは反対側から寝台に上がり、極力距離を取った。彼はそんなリアに呆れたような視線をよこす。

「そんな端に行かずとも場所に余裕はあるが」

「私、この場所がとても気に入っているのです。いつも端で眠っているのですわ。定位置なのです」

特にそういったわけではないが、リアはそう返した。

いくらジークハルトが婚約者だといっても……婚約者だからこそ、眩暈《めまい》がする。

「もう少しこちらに来い。それでは眠っているうちに、床に落ちるのがオチだぞ」

「ですが」

彼は表情を曇らせる。

「そんなにオレが嫌いか？」

「そういうことではありません」

リアは怯《ひる》み、ほんのわずかだけ彼の傍に移動した。彼はそれを見、深く溜息をつく。

「……落ちないように気をつけろ」

「はい」

リアは横になって、身をこわばらせながら目を瞑《つむ》る。

(ヴェルナーに訊きにいけなかったわ……)

仕方ない、また会う方法を考えればいい。

その後、なかなか寝付けなかったが、いつの間にか眠りに落ちていた。

意識が浮上したのは、ジークハルトの声でだった。

「……オレ、は……」

(………)

リアは寝返りを打ち、瞼《まぶた》を持ち上げた。どれくらい眠っていたのだろう？　大分経《た》ったようにも、束の間のようにも感じる。離れた場所のジークハルトのほうを見ると、彼は何か言葉にしていた。

「オレは………君、を………」

(ジークハルト様……)

その様子が苦しそうで、リアは半身を起こし、そろそろと彼の傍に寄った。

窓から差し込む月明かりのなか、彼は額にびっしりと汗をかいていた。眉はきつく寄せられ、呼吸は乱れている。きっと体調が悪いのだ。うなされているし、起こしたほうが良いのではないだろうか。

リアは彼の肩にそっと手を置いた。

「ジークハルト様……大丈夫ですか」

彼はふうっと瞼を開ける。その瞳は潤み、焦点は合っていなかった。掠《かす》れた声で彼は言う。

「……リア……オレは、君を何度失えば……」

彼の瞳から涙が伝い、零れ落ちた。

（え――？）

彼は両の拳を握り、目元を覆う。

「嫌だ……！　こんな思いをするのは、もう、嫌だ……！」

「ジークハルト様」

彼はどうやら……夢を見て意識が朦朧《もうろう》とするなか、うわ言を口にしている。ひょっとすると、毎晩こうやってうなされているのではないか。リアはそう思い当たれば、言葉を失う。

（それで体調が悪かった……？）

近頃は、舞踏会のバルコニーで見たときよりは、顔色が良かったから少し安心していたのだが。

「オレを置いて、リア、どこにも……行かないでくれ……！」

「ジークハルト様、私はここにいますわ」

手を重ねると、彼はリアの手を引いた。リアの後頭部にもう片方の腕を回し、自らに引き寄せると彼は覆いかぶさるように唇を塞いだ。唇が擦れ合い、強く押し当てられる。

（…………！）

リアは目を見開く。はじめてのキス。割り入るように口づけられ、くらりと眩暈がした。涙の味がする。目を閉じ、リアは彼のキスを受け入れる。

意識が遠くなりそうななか、彼の心臓の上に手を置いた。自分は『闇』術者であるが、『風』術者でもある。

だが激しすぎるキスに、リアは思考が曖昧になっていく。彼の情熱が身に沁《し》み通り、力が入らない。

彼はふっとキスを解《ほど》き、瞬いて唖然とリアを見つめた。

「リア……」

彼の目の焦点は、今は合っていた。

「オレは……」

リアはどくどくと心臓が大砲のように鳴り、身体が痺《しび》れていた。

「オレは今、無理やりキスを？」

彼は罪悪感に苛《さいな》まれるように、昏い瞳でリアを見る。リアは切なく視線を揺らめかせた。

「……いいえ、無理やりにではありませんわ」

避けようと思えば、たぶん避けられた。それに彼に口づけされて嫌ではなかった。

今の出来事と自身の感情に、とても動揺している。

「……ジークハルト様、体調は？」

「……快復した」

彼に視線を戻すと、彼は先程までの青白い顔ではなく、リアは安堵《あんど》する。

「よかったです」

だが恥ずかしくてまた目線を移動させた。

「……すまなかった」

「……いえ」

恥ずかしがっていると、彼を責めているのと同様な気がして、リアは自らの気持ちをなんとか整理した。

「ジークハルト様はうなされていました。悪い夢を見られていたのですか？」

彼は悲痛な表情で長い睫《まつげ》をおろす。

「ああ。悪夢だった」

彼はそう言って押し黙る。どういった夢なのだろう。リアが気になっていると、彼は手を伸ばし、リアの手をとった。指が指に絡まり、彼の眼差しが煌めくように光る。

「好きだ」

リアはとくんと心臓が跳ねた。

「オレは、君が好きだ。愛してる」

頬と握られた手が熱を帯びる。

「君のほうはオレを何とも思っていない。君の意思を無視してキスをし、悪かった」

「私……」

リアは混乱する。自分自身の気持ちがよくわからない。

「……オレが君を幸せにしたい。だが、オレでは君を幸せにできないのかもしれない。それで、候補者を立てた」

「候補者……？」

彼は自嘲的に笑む。

「ああ。人格に優れ、君と年齢の合う有力貴族たちを数名選《よ》りすぐった。その中から、君が最も良いと思う男を選べばいい」

リアは唖然とジークハルトに視線を返す。

「……ジークハルト様は、私に、他のひとと結婚することを勧めるのですか」

虚を衝《つ》かれて声が掠れる。

「私をこの宮殿に連れてきたのは、候補者を立てたと伝えるためだったのですか」

彼から気持ちを告げられたのも、口づけられたのもはじめてだ。

それでなくても感情が入り乱れているというのに、さらに荒れくるった。

「私、ジークハルト様が何を考えてらっしゃるのか、わかりませんわ」

彼はぎゅっとリアの手を強く握る。

「勧めるわけではない！　オレが、このオレが君を幸せにしたい。だが……君がどうしてもオレでは嫌だというなら……おかしな輩と結婚されるより、君を幸せにできると思う者と結ばれてほしいんだ……」

もし本当に想ってくれているのなら、候補者を立て、他のひとに任せようなどと思えるだろうか。

リアは締め付けられるように胸が痛んで、悲しみが全身に広がっていった。

「ジークハルト様は、私を愛しているとおっしゃってくださいましたが、愛しているのなら候補者など立てたりできません……。他の相手と結ばれても良いと思っているということでしょう」

「良いわけがない！　リアはオレが、君とイザークとのことで平常心でいられたと思うのか!?　他の男と結ばれることを考えれば、気がおかしくなりそうだ！」

彼は血を吐くようにして叫ぶ。

「だがオレは君を壊してしまいたくはない」

（壊す……？　……どういうこと……？）

彼は俯いて喉を震わせ、告白した。

「――オレは君を愛しているが、憎んでもいる」

(憎む……)

「……君はイザークを愛しているのか?」

なぜここでイザークの名が出てくるのかわからなかったが、リアは自分の気持ちを正直に言葉にした。

「幼馴染みとして友人として好きで、恋愛感情はありません。私は……」

リアはジークハルトを見つめた。ジークハルトのことを自分はどう思っているのだろう。

パウルが初恋で、パウルと似ているジークハルトのことがずっと気にかかっていた。

けれどジークハルト自身を愛しているのかと問われれば、答えが出ない。

この感情は他のひとに対して抱くものとは、違うのは確かだった。

リアはジークハルトに恋をしているのか、彼を通してパウルを見ているのか、ずっとわからなかったのだ。自分の気持ちが掴めない。

「……私は候補者とか、他のひとを選びません」

「君はオレのことをどう思っている?」

「……ジークハルト様は、昔亡くなった初恋相手と似ています。この感情が……あなたへの気持ちなのか……」

(わからない)

リアは自分が涙を零していることに気づいていなかった。

ジークハルトの指で優しく頬の涙を拭われる。

「オレはその男に嫉妬する。その男が生きていれば、殺したかもしれない」

第七章　運命だと諦めたくはない

ようやくわかった。ジークハルトを見るリアの眼差《まなざ》しに恋情が滲《にじ》んでいた理由が。

(オレが、彼女の初恋相手に似ていたからだったのだ)

その男が今も生きていれば、きっと耐えられなかった。亡くなっていると知り、心底ほっとした。

彼女の心がいくらその男で占められていようが、奪われることはないのだ。

どうしても自分との結婚を受け入れられないのであれば、せめて彼女を幸せにできる者をと、ジークハルトは帝国中から相応《ふさわ》しい者を選《よ》りすぐった。

だがリアは選ばないとはっきり言った。不安が解け、張り詰めていた気が緩む。

――あの舞踏会の日、ジークハルトはバルコニーで魔物に触れ、脳内を揺さぶられるような感覚と吐き気を催し、自室へと戻った。そこで倒れ、一瞬気を失った。

そのあと今までのすべての生を思い出した。

――ジークハルトにとって、今は五度目の生だ。これまで四度、ジークハルト・ギールッツとして人生を歩んできた。記憶を得たのは五度目の今回がはじめてだ。

一度目の生では婚約破棄後、リアは兄オスカーに監禁される。イザークとのことが誤解だったと知り、ジークハルトが行方不明となったリアを見つけ出したときには彼女は廃人となっていた。妹を溺愛するオスカーは心のバランスを崩し、リアを地下室に閉じ込めるのである。

ジークハルトが地下室に足を踏み入れたとき、観念したオスカーによってリアは殺された。彼に刺されジークハルトも死亡する。

二度目の生――オスカーに監禁されたリアを助けるため、弟のカミルが兄を殺害する。

カミルはリアを連れて逃げるが、嵐に遭い彼らは亡くなる。ジークハルトはリアを追い、災害に巻き込まれ絶命する。

三度目の生――婚約破棄後、落ち込んでいるリアを近衛兵《このえへい》ローレンツが支える。ローレンツは以前からリアに好意を抱いていた。二人は恋仲となるがオスカーはローレンツがリアを騙《だま》したと考えた。

ローレンツはオスカーによって暗殺され、現場を目撃したリアは絶望し、自ら命を絶った。それをジークハルトは止めようとしたが、寸前、オスカーに刺殺される。

四度目の生――婚約破棄後、リアは幼馴染《おさななじ》みのイザークと恋に落ちた。帝都を出、二人は旅行中に暴漢に遭う。ジークハルトはリアを諦められず二人の跡を追ったが暴漢に二人と共に殺害される。

――四度ともリアもジークハルトも早逝した。事の発端は婚約破棄である。

ジークハルトは今までの生の記憶が走馬灯のように蘇《よみがえ》れば、愕然《がくぜん》とした。なんなのだこれは。夢か。

(いや……これは前世だ……)

信じられなかったが、すぐに今までの四度の人生が心身に溶け込んだ。

自分は転生をしており、これが五度目の人生――。

転生を繰り返している理由はわからないが……。リアも自分もこのままではきっと亡くなる。

(――絶対に婚約破棄をしてはならない)

イザークとのことは今もわだかまりがあるが、そんなことを言ってはいられない。四度とも誤解であった。今まで同様、今回もメラニーによって仕組まれた可能性が高い。

婚約破棄後、リアがイザークと恋仲になることは、今まで一度だけあった。だが婚約破棄前にはどの人生も、彼とのことは誤解だったのだ。

五度目の今回だけ、舞踏会までの出来事など流れが違うように思う。だからはっきりとしたことはわからないが……。リアが自分を裏切るとはやはり思えない。一旦イザークとのことは置いておく。

どの生でもジークハルトはリアと別れ、悔恨の念に駆られた。リアを忘れられず、メラニーとも誰とも結婚しなかった。愛していたのに嫉妬し、リアに婚約破棄を言い渡してしまった。

それにより他の男に奪われ、彼女を実際に失う。

(決して婚約破棄をしない)

ジークハルトはそう決意した。確実にここが分岐点である。今、判断を誤れば、運命は加速度を増し悲劇へと向かう――。防ぐにはこのときしかなかった。

舞踏会が行われている大広間に戻り、リアの姿を捜し、彼女の手を取った。

リアの表情から婚約破棄について耳にしているようだったから、それを否定した。混乱を極めていたこともあり脅すような言葉を吐いた。

世界中の人間を殺しても、リアを殺すことなどできない。

リアは呆然《ぼうぜん》として控え室に入っていった。ジークハルトはそこでメラニーに捕まった。

今回もメラニーが噂《うわさ》を広めた張本人に違いなかった。今すぐ投獄したいくらいだったがメラニーの断罪はあとだ、それどころではない。極悪人オスカーが控え室に入室するのが見えたのだ。

リアと婚約破棄しないとメラニーに告げ、控え室に急いで向かった。

室内に入ればリアのすぐ傍《そば》にオスカーがいて、かっと頭に血が上るのと同時に寒気を覚えた。

妹に歪《ゆが》んだ愛をもつこの男のいる場所に、これ以上一秒たりとも彼女を置いてはおけない。あの屋敷にリアを戻しはしない。

オスカーは四度のうち二度、リアを監禁し、一度目は殺している。

ジークハルトは控え室から彼女を出し、自室へと連れていった。彼女にはここで暮らしてもらう。

悲劇に向かわないよう、リアを奪った男たちを彼女から離すことも決めた。

オスカー、カミル、イザーク、ローレンツ。

ローレンツは国境付近に赴任させる。彼の祖母が暮らしているとかで、それは彼自身の以前からの希望であったので、即座に叶《かな》えてやったまでだ。

リアの兄弟は彼らの父である公爵に留学を勧め、イザークも同様に国外にやった。

リアをどんな危険からも遠ざけたい。

(しかし……オレがリアにしていることは、オスカーのした監禁と変わらないのでは？　オレは一体強引に彼女に何をしている……？)

頭の片隅でそう思う。己の行動に自己嫌悪に陥るが、どうしても止められない。

リアの契約している魔物に偶然触れ、彼女が『闇』術者として覚醒していることを知った。皇宮に留め置く理由を彼女にはそのためだと説明している。『闇』術者だからだと。

本当は、リアは確かに生きているのだと、リアはここに存在しているのだと、傍にずっと置いて、ジークハルトが安心したいからだ。

前世のことを話しても彼女は信じられないだろう。

もう決して、リアを失いたくはない。


リアはジークハルトの部屋で彼と共に朝食をとった。仕切りの扉は早朝、侍女によって開けられた。

昨晩のことがあり、なんともいえない空気が流れている。

「……ジークハルト様」

彼はこちらにふっと視線を向ける。リアは勇気を振り絞って言葉にした。

「あの……しばらく、ジークハルト様のお部屋で過ごさせてはもらえないでしょうか？」

彼はリアを見つめ、かすかに片眉を上げる。

「オレの部屋で？」

「そうですわ。……続き部屋も広いのですが、こちらはさらにゆったりとしていますし、同じ部屋にずっといるのも気が滅入《めい》りますから、気分を変えたくて」

ヴェルナーに会って詳しく話を聞かなくては。それには廊下に出られる、こちらの部屋のほうが脱出しやすいのである。彼は一拍黙し、頷《うなず》いた。

「わかった」

リアはほっとして表情を和らげた。

「ありがとうございます」

「しかし、オレがいないときは念のため、外に衛兵をつける」

（え……。衛兵……？）


食事後、ジークハルトは執務室に向かった。

部屋に一人残ったリアはしばらくしてから、そっと廊下に繋《つな》がる扉を開けてみた。

「いかがなさいましたか？」

（…………）

そこには衛兵が左右に一人ずつ、計二人いた。

「……いえ、なんでも」

（本当にいた……）

「……ええと、どうぞご休憩をおとりくださいませ」

「休憩はまだ先です。その際は交代の衛兵が参ります。ご心配なく。リア様のことは必ずお守りいたしますので」

（――ただ監視されているだけな気が……）

「皇宮内に不審者は現れないと思うのですけれど。ジークハルト様もそうおっしゃっていましたし。守っていただく必要は……」

「ですが殿下が戻られるまで控えています。殿下からの命ですので、背くわけにはまいりません」

「そうですの……」

リアは落胆しつつも、笑顔で礼を言ってゆっくり扉を閉めた。

(駄目だわ。衛兵はジークハルト様が戻るまで、下がる気配がない……！)

リアは幼少時より護身術や剣術を学んでいる。旅に出る予定だったたし、真剣にそれらに取り組んだ。

正直、隙をつけば衛兵二人倒せると思うが、立ち回れば騒ぎになってしまう。

この方法はとれそうにない。リアは室内をうろうろとし、思考を巡らせた。悩んでいるときの癖だ。

そうしていると窓が視界に映った。

(ひょっとして……)

上質なレースのカーテンを引いた。外側から格子が取り付けられていない。

(窓から出られる！)

今朝こちらに移ってきたばかりなため、そのままなのだ。窓の外に衛兵がいる気配もなかった。リアは速やかに窓を開けた。ドレスのスカートをからげ地面へと下りる。靴を履いた足で無事着地した。

(脱出成功)

養女となってから公爵家に恥をかかせてはならないと、令嬢としてのたしなみを学び、振る舞ってきた。だが緊急時の今、そんなことを気にしていられなかった。ジークハルトも、リアがまさか窓から脱出を試みるとは思っていなかっただろう。続き部屋には格子を取り付けはしていたけれど。

外で見つかってしまえば意味がない。庭園を通り、ヴェルナーを捜して急いで駆けた。

皇宮に仕えている者たちに鉢合わせそうになれば、木々の陰に隠れる。

リアは一階の窓を覗《のぞ》き、ヴェルナーを見つけた。彼は白で統一された室内の寝台で気だるげに本を読んでいた。拳を作り、窓を叩《たた》く。ヴェルナーはこちらを見、すぐに寝台から降りると窓を開けた。

「窓からやってくるとはな。まあ、君らしいと言えば君らしい」

彼はリアの行動力を誰よりよく知っている。

「ヴェルナー、話は中で」

「ああ」

彼はリアの手を掴《つか》み、部屋に入るのを手伝ってくれた。窓を閉めたあと、リアはヴェルナーに問うた。

「体調はどう?」

彼はなんでもないといったように肩を竦《すく》める。

「昨日のあれは薬を飲んで、わざと倒れた。大丈夫」

良かったとリアは一安心する。

「部屋を抜け出してきたんだけど、見つかれば大事《だいじ》になるかもしれないから、すぐ戻らなきゃ。ジークハルト様が危険ってどういうことなの? 威圧感はあるけれど、悪いひとではないわ」

「良いとか悪いとかじゃねぇよ」

彼はリアの両肩に手を載せる。

「おれは魔術探偵だ。他の誰より術者のオーラを見抜く目を持っている。あの皇太子はヤバい。まるで魔王だ。仰天したから握手をして、魂を傍でじっくり見てみた。あんなすげえ術者は知らねえよ」

(魔王……?)

リアはこくっと息を吞《の》む。ヴェルナーは真剣な顔で続ける。

「彼は、この世界を何度も破壊させることができる強い魔力を秘めている。リア、君は前に婚約破棄されると言っていたが、そうなったほうがいい。今すぐ離れるんだ」

「今すぐ離れるのは、貴様だ」

凍てつく声がして、リアもヴェルナーも動きを止めた。開いた扉から険しい表情をしたジークハルトが姿を見せる。彼の放つ異様ともいえる雰囲気に二人は言葉が出ない。

「そうか……イザークかと思っていたが……今回はこの男だったのか……」

(——え?)

彼は後ろに控える衛兵に短く命じる。

「男を連れていけ」

「は」

ジークハルトはリアの前まで来て、手首を掴んだ。

「君はオレと来るんだ」

「待ってください、ジークハルト様」

リアは抵抗したが、有無を言わせず部屋を出た。彼は無言だ。凄《すさ》まじく煮えたぎった怒りをひしひしと感じる。ジークハルトの部屋の続き部屋に入ると、彼は低い声で耳元で囁《ささや》いた。

「君は昨日、他の者を選ぶことはないと言った。それはあの男を選んでいたからということだな?」

リアはびっくりして、すぐ否定した。

「違います」

彼はリアの両腕を掌《てのひら》で握る。

「ではなぜ、わざわざ窓から抜け出して、あの男に会いに行った? その理由をどう説明する? それはひとときも離れたくないほど、あの男のことが好きだからだろう?」

「違いますわ！」

「それにオレは、君が幼馴染みと抱き合っているのを見た。あれは何だったのだ」

「抱き合っていた……？」

「そうだ。お茶会の日だ」

（お茶会……）

「オレは君をここから出す気はない」

彼は身を翻すと、バタンと扉を閉め鍵をかけた。一人残されたリアは呆然とその場に立ち尽くした。


昼、食事が運ばれてきて、一人でとった。夜も同様だ。二食続けてジークハルトと共に食事をしなかったのは、ここに来てからはじめてである。夜になっても彼は部屋に戻ってこなかった。

リアがジークハルトと顔を合わせたのは、翌日の夜だった。

一緒に食事をすることになり、リアは気が急《せ》いて彼に尋ねた。

「ジークハルト様……ヴェルナーは、今どこに？」

ヴェルナーは衛兵に連れていかれた。あれからどうなったのか気になって仕方なかった。

リアはずっと部屋から出してもらえていない。ジークハルトに色々誤解されているようだが、何よりヴェルナーの安否が心配だ。昨日のジークハルトの様子は尋常ではなかった。いいようのないざらりとした不安が胸を波立たせる。

「あの男なら、牢《ろう》だ」

「――牢!?」

リアは虚を衝かれて、椅子から立ち上がった。

「どうして彼が牢に入れられているんですか……」

「皇太子の婚約者を誑《たら》しこもうとしていたのだから、当然だろう」

ひどい誤解にリアは眩暈《めまい》がした。

「誑しこまれてなどいませんわ」

「君のほうから彼を誘ったのか」

「そうではありません」

リアは呆《あき》れ返ってジークハルトを睨《にら》む。まず彼の思い違いをなんとかしなければ……。

「誤解ですわ。イザークとのこともです。お茶会の日はドレスにジュースが零《こぼ》れ、メラニー様にドレスを着替えるようにと、リボンを解《ほど》かれたのです」

リアはそのときの状況を詳細に説明した。

「彼は君に愛を囁いて、キスをしているようだったが?」

とんでもない言葉に、リアは唖然《あぜん》とする。

「好きだと言ってくれ、私も好きだと答えただけです。キスなんてしていません」

彼はぴくりと眉を動かした。

「好きだと言われて、好きだと答えた……?」

椅子を蹴るようにして立ち上がり、彼はテーブルを回り込んでリアの前まで来た。

「君はやはり彼が好きだったのか」

「好きです。もちろん恋愛感情ではありませんわ、彼も私も」

「……君のは本当に、恋愛感情ではないのか」

ジークハルトはリアの手を掴み、端整な顔でリアを覗き込む。

「この間、申し上げたとおり私は……」

セルリアンブルーの彼の瞳を見つめれば、リアは眼差しが揺れた。

「私は……」

「……」

彼はリアから手を離した。

「今、牢に入れている男とも恋愛関係ではないというのは、本当か？」

(ヴェルナーと恋愛関係になるなんて、前世でも今生でもあり得ないわ)

そんな関係ではない。

「本当ですわ」

「では、なぜわざわざ窓から部屋を抜け出して、あの男に会いに行ったのだ」

「彼から重要な話を聞くためにです」

「重要な話とは？」

ヴェルナーの話を、ジークハルトにもするべきではないか。

正直、ヴェルナーの話は信じられないものだった。だが、彼が嘘《うそ》をついているわけではないと思う。

「私も途中までしか聞かなかったので説明できないのです。彼はジークハルト様について語っていました。ヴェルナーは能力の高い魔術探偵。他の人には見えない術者のオーラが見えます。ジークハルト様も彼から聞いたほうがよくわかるかと。ヴェルナーを牢からすぐに出してください。彼に会わせてください。私と彼の間に色恋なんて一切ありません。大切な友人なんです」

いつ壊れるかわからない恋愛の結びつきではない。もっと大事で、前世の大切な仲間だ。

「――わかった。食事後に」

二人は席に戻り食事を再開したが、リアは味なんて全くわからなかった。素早く食事をすませ、ヴェルナーの元に向かった。

庭園に延びる道をしばらく歩き、皇宮の東端に建つ円塔の前で彼は立ち止まる。

「ここは……？」

リアは何度も皇宮にきたことはあったが、この辺りに来たのははじめてだ。

薄気味悪い存在感をもつ建物だった。

「ここの地下牢にいる」

彼はリアを連れ階段を下りていく。厚い石壁に囲まれ暗く、空気は湿ってカビっぽい。地下には衛兵が何名か詰めており、廊下には灯《あか》りが等間隔に置かれていた。

「殿下」

「あの者のところに」

「は」

ジークハルトが指示をし、衛兵が先頭に立って廊下の奥まで案内をする。

靴音が大きく響く、薄暗い牢の中を進んでいくとヴェルナーがいた。壁から伸びる鎖に固定されるように繋がれている。

リアは悲鳴が出た。彼のシャツは切り裂かれ、その身体《からだ》にはムチで打たれたような無残な傷跡があったからだ。

「ヴェルナー！」

「……リア……？」

鉄格子の向こうで、ヴェルナーは身じろいで顔を上げた。

「……ああ。……お嬢さん、君は無事だったんだな……よかった……」

彼は安心したように笑む。だが瞳はすぐに虚《うつ》ろとなり、再度意識を失ってしまった。

（こんな……ひどい……ひどすぎるわ……！）

リアはあまりのことに全身が冷え、強い震えが走った。喉の奥が焼けるように痛む。

「どうしてこんな……ひどいこと……！」

「この男が、君に触れていたからだ」

リアはジークハルトの頬を平手打ちした。ぱしん、と乾いた音が立ち、彼は唖然とリアを見る。

「ヴェルナーはこんなことをされる謂《いわ》れなんてない……！　早くここを開けて、彼を出してあげてください……！」

ショックと悔しさで涙が零れた。今までこれほどの憤りを覚えたことはない。まだ自分が繋がれていたほうがマシだ。

ジークハルトは衛兵に牢の鍵を開けさせた。リアはヴェルナーに駆け寄る。

頬にも胸にも足にも傷跡があり、血が滴って髪や服に付着している。

快復させる術《すべ》があるのなら行うが、彼は『星』術者ではないので救えない。

「ヴェルナーを今すぐ医師に診せてください……！　もし彼に何かあれば……」

はねつけるようにリアはジークハルトを睨んだ。

「私はジークハルト様、あなたと結婚いたしません。候補者の中から選べばよろしいのですね。それがあなたの希望なのでしょう。そういたします。あなた以外なら誰でも構いません」

ジークハルトの双眸《そうぼう》が翳《かげ》りを帯び、くっと屈折する。

「……この男を医師に診せろ」

ジークハルトに命じられ、衛兵がヴェルナーの鎖を解く。牢から出され衛兵に運ばれていくヴェルナーを見、リアは安堵《あんど》するが同時に急激に意識が薄れていくのを感じた。


倒れそうになったリアをジークハルトは支えた。

リアを腕に抱えたまま自室へと戻り、気絶している彼女を寝台に横たえる。ジークハルトは視界が昏《くら》くなり項垂《うなだ》れた。

（……リアはオレと結婚しないと言った。オレ以外なら誰でもいいと）

今生でもまた、彼女は他の男を選ぶようだ……。

リアに触れていたヴェルナーを許せなかった。

イザークにも苛立《いらだ》ったが、彼はリアの幼馴染みだ。ジークハルトは昔からイザークに対し、悪感情を強く抱けなかった。焦げつくような嫉妬、怒りを覚えながらも結局惨《むご》いことはできず、彼の父である侯爵に留学させるよう勧めるに留めた。

オスカーとカミルに対しては憤懣《ふんまん》やるかたない思いだが、彼らは義理でもリアの兄弟である。

彼女が哀しむ行動はとれず、国外に出すだけで溜飲《りゅういん》を下げるしかなかった。

しかし――ヴェルナーは違う。

今生でリアに選ばれた男だと直感すれば、逆上した。牢に入れ、彼女との仲を問い詰めた。彼は否定し続け、リアの身を案じていた。だからこそ嘘をついているのではと疑った。別にあの男が死んでもいいと頭のどこかで思っていた。しかし彼に何かあれば彼女はジークハルト以外を選ぶという。

恐怖と絶望が心を鋭く刺した。リアはジークハルトを拒絶したのだ。

（今生でも結ばれない運命か……）

高位の魔物に触れたためか今までの生を思い出したが、記憶を活《い》かすことはできなかったようだ。

悪夢はいつ終わる？　誰かこの魂を、完全に消滅させてほしい。


ゆっくりと意識が浮上し、瞼《まぶた》を開けると、リアは巨大な寝台に寝かされていた。

脇の椅子にはジークハルトが座っている。

「……目が覚めたか」

リアは身をこわばらせた。

「……ヴェルナーはどうなったのです……」

リアが訊《き》けば、彼は打ちひしがれたように悲痛な表情で答えた。

「医師に手当てをさせた。命に別状はない。完全に治るまでには、まだかかるだろうが」

リアはぎゅっと自分の手をきつく握りしめる。

「もうあんなことを彼にも、他の誰にも決してしないでください」

「しない」

ジークハルトの瞳に暗い影が広がり、彼は顔を背けた。

「起きてすぐあの男の心配をするのだな」

彼は気品ある横顔を自嘲的に歪ませる。

「やはり君は彼を想っている」

「ですから、恋をしているという意味なら想っていません」

「彼に恋をしていないと？」

「はい、しておりませんわ」

リアは頭痛を覚え、重たい溜息《ためいき》が落ちた。

「どうして私が恋をしていると思われるのですか。イザークにもヴェルナーにも、他の誰にも恋なんてしていませんわ。なぜ信じていただけないのでしょう？　私はそれほど信頼に値しませんか」

彼は真一文字に唇を引き結んでいる。リアはそんな彼を見つめ、言葉を続けた。

「確かに部屋を抜け出しました。それについては謝罪します。申し訳ありませんでした。ヴェルナーにどうしても話を聞きたくて。けれど私はジークハルト様を裏切ったことなど一度もないです。婚約してから他のひとに、心惹《ひ》かれたことなんてありません」

前世の記憶を得、婚約破棄されると思っていたときから、ジークハルト以外に惹かれたことはない。彼と婚約していたし、気になるひとはいなかった。

リアは身を起こして寝台から出る。彼はやるせなさそうに横を向いたままだ。

「……君を信じていないわけではない。むしろ信じたい」

「私……初恋相手の面影を、あなたに見ていたことは否定できません」

リアは俯《うつむ》く。他の人に目移りしたことはない、それは事実だ。だが、亡くなったパウルのことを彼を通して見ていた。ジークハルトはパウルにとても似ていて。一緒にいるとどうしても思い出してしまう。結婚の約束をした初恋相手で、大好きだったひと。

だから、わからなかった。胸が高鳴るのも、とても気になるのも、それはジークハルト自身を想っているからなのか、ただパウルに似ているからなのか。ずっとわからなかった。

ジークハルトは、冷酷なところがあるけれど優しく、あたたかい心ももっている。九歳から共に過ごして知っている。彼がずっとリアを見てくれていたのは気づかなかったが……彼は情熱もあった。

「……私はあなたに惹かれていました」

彼は自身の頬に髪がぶつかるほど、激しく振り向いた。

「本当か」

「本当ですわ」

自分の心を見つめ、出た結論だ。ヴェルナーにした仕打ちは許せない。ジークハルトに落胆したし、怒っているし、困惑している。けれどリアはジークハルトのことを特別に想い、彼自身を想ってきた。

彼が好きだ。

「あなたが……好きでした。恋を……あなたにしていました」

彼は一心にリアを見つめる。

「リア……」

ジークハルトは腕を伸ばし、胸の中へとリアをかき抱いた。

「オレは君を失いたくはない、決して。他の男に奪われるのは嫌だ……」

深く抱き寄せる彼の腕は熱くて、リアは心臓が跳ねる。

「ジークハルト様……他の男というのは……？」

「君の兄弟と、ローレンツ、イザークだ。今回は、ヴェルナー」

リアは身動きがとれないなか、非常に戸惑った。……どうして彼はこれほど悲愴《ひそう》に思いつめているのだろう。リアが他のひとを想っていると。彼の心は深い傷を負っている。

自らの行動を振り返り、リアは悔やみ、反省した。

（……イザークとの噂については、きちんと誤解を解いておくべきだった……行動も気をつけるべきだったわ）

ただの噂だし気にしないようにと、毅然《きぜん》としようと思った。

これほど彼が苦しんでいたのなら、ちゃんと説明すればよかった。

「ジークハルト様……」

「オレは見てきたんだ……」

彼は絞り出すように震える声を発した。

「一度目は、オスカー。二度目は、カミル。三度目は、ローレンツ。四度目は、イザーク。君は彼らと恋に落ちた」

（……どういうこと？）

「……申し訳ありません。私、意味がよくわかりませんわ」

「今までの人生だ。オレはこれが五度目の人生だ。ジークハルト・ギールッツとして、今までも四度生きてきた。転生を繰り返している」

（嘘……）

愕然とするリアに彼はこれまでの人生を、とつとつと語った。

まさか、とリアは蒼白になってそれを聞いていた。ジークハルトは苦い笑みを唇に浮かべる。

「――たぶん君の契約している魔物に触れたことがきっかけで、これまでの人生の記憶を得た。こんな話、信じられないだろう？　おかしくなったと思うだろうな。自分でも何が現実で何が夢なのか、時折わからなくなってしまう。記憶を得たあの日から、眠ると前世の悪夢を見る……」

彼は目元を掌で覆う。

「四度とも、君とイザークの仲をオレが誤解し、はじまった。オレは君と絶対に婚約破棄しないと、過ちを繰り返さないと決意した。だがオレはこの生でも過ちを犯した。君はオレ以外なら誰でもいいと……。……きっと君はまた、違う相手との恋に出会うのだ」

彼は泣きながら笑う。彼の壮絶ともいえる絶望を感じ、胸の一番深い場所が軋《きし》む。

（ジークハルト様……）

「何度生まれ変わっても、オレは君と結ばれない運命……」

感情が昂《たかぶ》っているジークハルトの手を握りしめ、リアは彼にゆっくりと唇を寄せた。彼は目を見開く。リアはそっと口づけを解いた。

「……リア……」

「どうか落ち着いてください。私はあなたを信じますわ」

彼はこれが五度目の人生だ。しかも思い出したのは、ついこの間。混乱するのは仕方ない。

リアも記憶を得てしばらくは激しく感情が乱れた。深く息を吸い込んでリアは告げた。

「私も自分自身に転生しております。私の場合はこれが二度目の人生で、思い出したのは数年前なのですが」

「君も転生を……!?」

ジークハルトは絶句し、リアは小さく顎を引いた。

「そうです。でも私の前世は今ジークハルト様から伺った、そのどれでもありません。前世、私は他の誰とも恋をしておりませんでした。ジークハルト様に婚約破棄されたあと、旅に出たのです。全部鮮明に覚えているというわけではありませんが……。ジークハルト様が触れた魔物は、その旅の中で契約しました」

「君はこれが二度目の人生で……前世誰とも結ばれなかった……?」

「そうですわ」

ジークハルトは空間に視線を据えて思考する。

「そういった生もあるのか……」

ジークハルトが転生しているということは、驚いたものの信じられる。

だが、彼が挙げた人物とリアが恋に落ちたというのは、にわかには納得できない。

しかし彼が嘘をついているとも思われないので、その生においては、そうだったということだろう。

「ジークハルト様が送った前世の人生の、どれらとも違いますわ。だって今も私たちは婚約をしています。ジークハルト様がおっしゃったのは婚約破棄後、起きたことなのでしょう？」

ジークハルトは首肯する。

「そのとおりだ」

「何度もお話ししておりますが、他のひとに恋なんてしていません。地下牢では感情的にあんなことを申しましたが、候補者から選んだりしません」

「……わかった」

ジークハルトはリアの頬に手を置いた。

「なぜ今、オレにキスを？」

溶けるように甘く視線が絡まる。リアは自分の行動にじわりと頬が熱くなった。

「……ジークハルト様に落ち着いていただきたかったのです……。それに、私たちが結ばれない運命とおっしゃったその唇を塞いでしまいたくなったのです。運命だと私は諦めたくはありません。ジークハルト様にも諦めていただきたくはないのです」

リアは頬に置かれたジークハルトの手の上に、手を重ねた。

「もしそういった運命ならば、抗《あらが》います。私は運命を変えたいのです」

今言葉にして、リアは自身の心が固まった。

運命だからと今までは受け入れることを考えてきた。自分は強い人間ではない。けれど彼の気持ちを知り、自分の気持ちに気づいて、流されているだけではいけないと感じた。

本当に大切なものを失わないように、自ら行動しなければ。

ヴェルナーは言っていた。ジークハルトから離れたほうがいいと。ジークハルトは危険だと。

たとえそうだとしても、リアはジークハルトから離れたくない。ヴェルナーにひどい仕打ちをしたことは許せないが、孤独と絶望をその身に抱え込んでいるジークハルトを放ってなどおけない……。

同情ではない。彼の傍にいたい。

(私は……このひとを誰よりも幸せにしたい)


翌日、リアはジークハルトと共にヴェルナーの病室を訪れた。

彼はちゃんと手当てを受けており、意識もあって、リアは緊張を解いた。

「ヴェルナー」

「リア」

寝台から降りようとしたヴェルナーをリアは慌てて止める。

「そのまま寝台にいて。大丈夫？　具合はどう？」

「何ともないさ。心配することはない。大袈裟《おおげさ》だな」

彼は軽く肩を竦めてみせた。

「ヴェルナー・ヘーネス。君に謝罪する。すまなかった」

ジークハルトがヴェルナーに謝れば、ヴェルナーは驚いたように目を見開いて、そんなジークハルトを見ていた。

◇◇◇◇◇

――数日後、ヴェルナーの怪我《けが》の快復を待って、再度二人で病室を訪れた。医師から快復が早く、もう長時間話せる状態だと聞いたが、念のため彼自身に確認をする。

「込み入った話があるんだけど。今、いいかしら、ヴェルナー」

彼が頷くのを見、リアは口を切った。

「私、今まであなたにも言っていなかったけれど――」

リアは自分が転生していることを、彼に打ち明ける。

「転生……?」

「ええ。私は二度目の人生を送っていて……ジークハルト様は五度……」

自分たちの事情をかいつまんでヴェルナーに説明すると、彼は最初硬直して、呆然と聞いていた。

「……なるほどな……。それで二人のオーラは普通の術者とは変わって見えんのか……」

彼なりに納得していた。

「ヴェルナー、あなたが私にしてくれた話をもっと詳しく教えてくれない？　ジークハルト様自身も知っておいたほうがいいと思うの。もしかすると私たちが転生している理由と関係しているんじゃないかと感じて」

「どうか話してはもらえないか」

ヴェルナーは息を吸い込み、慎重に言葉を発す。

「確かに今の説明を聞けば、殿下自身にお話しすべきと思います。ですが、殿下……あなたにとって良い話ではございません。到底信じられないことかと」

「オレは転生を繰り返している。それこそ他人には信じられないことだろう。どんな内容であろうが、リアが信じる者の話をオレも信じる」

ヴェルナーはわずかに瞠目《どうもく》し、髪をかきあげた。

「……承知しました。それではお話ししましょう。殿下、あなた自身が、転生を引き起こしているとおれは考えます。リアの転生もあなたの力によるものでしょう」

「オレ……？」

ヴェルナーは強く首肯した。

「そうですよ。二人が転生しているきっかけ。それはどれも殿下とリアが結ばれないまま、リアが命を落とす。すると、その世界は崩壊している」

ジークハルトは雅《みや》びな眉をしかめる。

「何らかの要因で、あなたは巨大な力を得ている。リアがあなたと結ばれずに亡くなった場合、殿下は世界を終了させ、あらたな世界を作ってきた。何度も何度も……。強制的にリセットしてきたのです」

「……人間にそんなことが可能なのか……？」

ヴェルナーは両の指を組み合わせ、首を振る。

「もちろん不可能です。普通の人間には。あなたは普通の人間ではない。おれはリアに、あなたから離れたほうが良いとアドバイスしました。ですが前世を聞いた今はそうは思いません。逆に、リアとあなたは結ばれたほうがいい。なぜなら結ばれなければ、あなたがたは早逝し世界は終わるからです。

結ばれて幸せになることが、おそらくこのループを終わらせることになる。殿下はギールッツ皇家の直系、特別な血をもつ。だがそれだけでは、今のあなたほどの力は得ない。殿下は今までの人生のどこかで、巨大な力を手に入れたのです。これまでのことを思い返してみてください。何か、思い当たることはありませんか」

「思い当たること……」

ジークハルトは押し黙って空中を見据え、思案したあと答えた。

「……ない。リアの契約している魔物に触れたが、それはこの生でのみだから関係はないだろう」

「殿下が前世の記憶を取り戻したきっかけはそれですが、力を得た理由ではありませんね……」

ヴェルナーは自身の顎に手を置く。

「幼少時からの記憶は鮮明ですか？　記憶を操作されている可能性は？」

「……記憶を操作……？」

「ええ。皇宮にはそういったことが可能な人間がいるでしょう」

「確かに……いる」

そうだ。メラニーはそれで記憶を消されて、彼女の父の所領で暮らすことになったのだ。

「オレの記憶は幼少時のものは曖昧だ。まさかオレの記憶も操作……？」

ヴェルナーのオッドアイが鋭く瞬《また》いた。

「その時期、あなたはきっと何かに接触しているはずです。それだけの力を得るのだから、相当なものだ。世界の魔力の源を宿す精霊王くらいしか、考えられない」

（精霊王……）

「お嬢さん、君もその場にいたはずだぜ」

「私が？」

ヴェルナーは点頭する。

「そうだ。殿下の四度の生以外にも、君にも前世があるんだからな。君が転生したのは殿下の力によるものだろうが、君に前世の記憶があるのは、君も精霊王に接触したことがあるからだと思う。きっと『闇』術者として覚醒したのもそれでだ」

ヴェルナーはジークハルトに視線を戻す。

「二人は別々にではなく、同じ場で同時期に精霊王に接触したのだとおれは考えます。一緒にいたときに精霊王に触れ、ギールッツ皇家直系の殿下の魂にそれが移った。眠っていた場所に再度封じることで、今後世界が破壊されることはなくなるはず——。殿下の記憶が曖昧であるなら、リア、君の記憶は？　昔のことを覚えてるか？」

「……ええ。幼い頃からの記憶はしっかりとあるわ。前世については、不鮮明なところもあるけれど」

「婚約破棄までの人生は前世とほぼ同じなんだよな？」

「そうよ」

「殿下といるとき、それらしいものを見たことは？」

リアは少し考え、かぶりを振る。

「ないわ」

精霊王を封じたものなど、見たことはなかった。

「では君はいつ『闇』術者として覚醒した？」

それは辛《つら》い記憶と結びついている。忘れることは一生ない。

「……七歳のときよ。帝国の外れにある村で暮らしていて。幼馴染みと隠し通路を抜けて……そこで、魔法の鍵のかかった扉を開け、地下にある箱を……その中にストーンが入っていて――」

リアは記憶の糸をたぐり、一つのことが頭をよぎる。

（まさか、あれじゃ……？）

「そのあと、気分が悪くなったわ。『闇』術者として覚醒した」

「そのストーンだ……。それに精霊王が封印されていたに違いねえ」

ヴェルナーは確信したように深く頷いた。

「殿下、あなたも、リアの言うその場所に行ったことがありますね」

ジークハルトは引き結んでいた唇を開き、きっぱりと否定した。

「いや、ない」

ヴェルナーはリアに視線を配り、尋ねた。

「リア、その場にいたのは君だけだったか？」

「いいえ」

リアは首を横に振る。

「他に二人いたわ。幼馴染みのイザークとパウルが……」

ヴェルナーは身を乗りだし、先を促す。

「彼らはどうなったんだ？」

「体調が悪くなったわ……。私とイザークはすぐ快復したけれど、直接ストーンに触れたパウルは亡くなった……」

リアの胸は引き裂かれるように痛む。ヴェルナーはふっと眉を動かした。

「ストーンに直接触れただって？」

「ええ」

「……殿下は、幼少時の記憶が朧《おぼろ》げなのですね？」

「ああ」

「その少年は実は亡くなっておらず……殿下なのでは？」

（パウルが……ジークハルト様……!?）

リアは衝撃に貫かれる。

「……パウルとジークハルト様は、実際そっくりだけれど……」

最初会ったときから、ジークハルトはパウルととても似ていた。

「オレはこの皇宮で生まれ育った。リアのいた村で彼女と過ごした記憶はない」

「その記憶自体、操作されているのでは。オレの父方は伯爵家です。親戚の一人が亡き皇妃にお仕えしていました。侍女たちの間で、皇妃は双子を出産したという噂があったと聞いたことがあります」

ジークハルトはみるみる青ざめ、束の間沈黙した。

「……確かめてみる」


リアはジークハルトに部屋へと送られた。

「ここで待っていてくれ」

思いつめた顔つきで、すぐ部屋を出ようとしたジークハルトに、たまらず声をかける。

「どちらに行かれるのですか？」

「父に話を聞く」

リアはきゅっと唇を噛《か》みしめた。

「私も同行させてください」

リアも事実を知りたく思ったし、ジークハルトのことを理解したかった。ジークハルトは頷く。

「……わかった。一緒に行こう」

ジークハルトはリアの手を握りしめた。リアも彼の手を握り返す。

二人は皇帝の執務室へと向かった。重厚な扉の前に控える衛兵がジークハルトに敬礼し、中に入って皇帝に報告したあと、扉を大きく開けた。

室内は金銀の装飾が施された調度品が置かれ、壁に巨大な鏡と絵画がかけられている。皇帝は窓の前にある執務机にいた。

「父上」

「二人で、どうした」

皇帝は手にしていた羽根ペンを置き、口元に笑みを滲ませる。

「仲睦《なかむつ》まじく過ごしていると聞いている。婚前から宮殿に婚約者を連れて置くとはおまえも気が早い」

長椅子に座るよう皇帝に促がされたが、ジークハルトは単刀直入に切り出した。

「父上――オレは本当に、皇太子ジークハルト・ギールッツなのですか？」

第八章　過去の真実

「――何？」

皇帝の瞳に尖《とが》った光が浮かぶ。

「それはどういった意味だ？」

探るような眼差《まなざ》しに、ジークハルトはまっすぐ向き合う。

「オレは双子として、この世に生を受けたのではありませんか？」

皇帝の顔はこわばって、戸惑いの色に染まった。

「双子の片方の皇太子が亡くなったため、急遽《きゅうきょ》、オレがここに呼ばれた。――違いますか？」

皇帝は胡乱《うろん》な目で問いかける。

「何をもってそんなことを？」

ジークハルトは奥歯を噛《か》んだ。

「オレは幼少時の記憶が朧《おぼろ》げです。皇宮で過ごした記憶はありますが、実感は薄い。オレの今の記憶は操作されたものなのでは？　本来の記憶を消し、皇太子の記憶をオレに植え付けた。占星術師を兼ねた宮廷医師なら容易に可能です」

重苦しく長い静けさが室内に横たわった。それからしばらくして観念したように、皇帝は太い息をついた。

「……ああ。おまえはジークハルトではない。本物のジークハルトは病で、八歳で亡くなった。おまえはその双子の弟だ」

落雷に遭ったようにジークハルトとリアの身に驚愕《きょうがく》が走り抜ける。

（やはり……双子……）

「一度、疑問を抱けば、植え付けた記憶は綻び、本来の記憶が戻りはじめる……。おまえが気づいたのなら隠しても仕方あるまい」

皇帝は苦々しげに机の上で両手を組み合わせ、目を伏せた。

「――皇家において、双子は災いの種だ。弟のおまえは監視をつけて帝都から離した。しかしジークハルトが病で亡くなり、おまえを呼び寄せることになった。私は子孫を残せない身体《からだ》となっていたからだ。跡を継ぐ者はおまえしかいなかった。双子であることは秘密だったため、ジークハルトが亡くなったことは隠した。おまえの以前の記憶を消し、あらたな記憶を植え付けて、ジークハルトとして生きてもらうことにしたのだ。皇妃は亡くなったジークハルトを溺愛していたため、同じ顔だが違う人間のおまえを避けるようになった。おまえを見ると亡くなった息子を思い出すと。おまえも実の息子であるのに変わりはないのだが」

そういえばジークハルトは、母親から冷たくされ、愛情を向けられなかったと以前話していた。

兄皇子は母親から愛されたのだろうが、弟の彼自身が経験したのは拒絶だった。

「わざわざ記憶を植え付ける必要はなかったのではありませんか。皇太子として置くにしても最初にオレに事情を話し――」

「ああするしかなかったのだ、当時は。周囲におかしく思われないよう、ジークハルトの記憶、思考を、おまえに植え付けるしかなかった」

眉を険しく寄せ、組んだ指に力を入れて皇帝はそう言った。

ジークハルトは喘《あえ》ぐように言葉を発す。

「ではやはりオレは……その前は、リアの暮らしていた村にいたのですね……？」

「おまえを隔離していた村に、まさか彼女がいるとは思ってもみなかった……」

彼女というのは、おそらくリアの母のことだろう。皇帝の双眸《そうぼう》に後悔が濃く滲《にじ》んでいて、そこに愛情が見え隠れする。

「元の記憶がすべて戻るのも時間の問題だ。だが、おまえには今後もジークハルト・ギールッツとして生きてもらわなければならない。それをしかと肝に銘じろ」

——話は終わり、庭園を歩きながらジークハルトはリアを切なげに見つめた。

「オレは君と幼い頃に知り合っていたのだな……」

「ええ……」

リアは動揺し、ちゃんと彼を見ることができない。

「それが君の初恋の相手か……？」

リアは顎を引いた。

「……そうですわ」

「そうか……」

初恋の相手だったパウルが、婚約者のジークハルト自身だったのだ——……。

「その頃のことを覚えていないが……嬉《うれ》しい、とても」

その言葉にリアが思わず足を止めれば彼も立ち止まった。

「思い出せないのが、悔しい」

彼はリアの髪に触れ、そっと両の 掌《てのひら》 でリアの頬を包み込んだ。

「オレはオレ自身に嫉妬していた」

ひたむきな眼差しで見つめられ、リアは喉の奥が詰まり、涙が零《こぼ》れそうになった。

「この先、記憶を取り戻すと父は言っていたが……。そうだといい。君と過ごした日々をオレは思い出したい」

リアは、じん、と頭の芯が痺《しび》れている。目の前にいる彼のぬくもりが心に沁《し》み入る。

(ジークハルト様が……パウル……)

信じられないような、やはりというような。

雲の上を歩いているような感じで、ジークハルトと共にヴェルナーの元へと戻った。


「──君の推理どおりだ、ヴェルナー。オレはリアと封印されていた場所へ行っていた。オレが、パウルだった」

ジークハルトが説明し、ヴェルナーは大きく頷《うなず》いた。

「その場にやはり二人がいたということですね。運命がくるうのも、精霊王が関係している。今、あなたの魂は世界を創造した主、精霊王と結びついているのでしょう」

帝国で受け継がれている神話。

——ギールッツ皇家の先祖は大昔、精霊王に愛されていた。だが、あるときより精霊王は意思を失い、破壊神となってしまった。

意識がわずかに残った状態で、精霊王は自らを封じるよう皇家の先祖に指示し、そのまま封印された。

「時と共に、ただの神話となりましたが、実際にあったことだったのでしょう。殿下に呼応し、精霊王は世界の破壊と再生を繰り返している」

ヴェルナーによるとこうだ。このままではジークハルトの精神は安定しない。運命はくるい、世界の破壊は繰り返される。精霊王を封じたのはジークハルトの先祖で、彼の魂に宿ったのは良いものの、精霊王自身もそこから出られない。ジークハルト自身が精霊王をストーンに封じる必要がある——。

「……その場所へ行く」

ジークハルトが決意を込めて口にし、リアも言い募った。

「私も参りますわ」

ジークハルトは心配そうにリアに視線を向ける。

「危険かもしれない」

「私は『闇』術者として覚醒しております。何かお役に立てるかもしれません」

少しでも彼の手助けをしたかった。危険でもなんでも、一緒に行きたい。

「おれも同行しますよ。非常に気になりますんでね。その場にいた、もう一人の人物も念のため一緒のほうが良いでしょう」

それで国外のイザークを呼びよせることになったのだった。

数日後、イザークは帝都に戻ってきた。

彼は最後別れたときのままである。突然呼び出されたのに、彼は怒らなかった。

「来てくれてありがとう。元気そうでよかったわ、イザーク」

「リアも元気そうだ。今、皇宮で暮らしているんだな」

彼は室内を眺める。宮殿の応接の間は、落ち着いた上品な内装だ。隣室にはジークハルトがいて、まずは幼馴染《おさなじ》み二人で会えばいいと言ってくれた。

「最初は戸惑ったけれど、大分慣れたの」

「そうか」

イザークは天井を仰ぐ。

「君の顔を見たら、幸せなんだってわかるよ」

精霊王の件で大きな問題はあるのだが……リアは事実、幸せではあった。

「イザークは、新生活はどう？」

「案外楽しく過ごしてるよ。父に突然留学を言われたときは驚いたけど」

充実した日々を送っているようで安心した。彼は申し訳なさそうにリアを見、眉を曇らす。

「リア、妹のことでは本当にすまなかった。国を出たあと、父から事情を聞いたんだ。君にとんでもない迷惑をかけた……」

「あなたが謝ることは何もないわ」

彼は何一つ悪くない。妹のことで心を痛めることになっただろうし、むしろ彼は被害者だ。

そのとき、隣室に繋《つな》がる扉が開き、ジークハルトが室内に姿を見せた。

「そろそろ幼馴染みの再会を邪魔してもいいか？」

イザークはジークハルトに向き直り、礼をする。

次にヴェルナーが入室して、初対面の彼らをリアはそれぞれ紹介したあと本題に入った。

「あのね、イザークに大事な話があって」

「何？」

「パウルは亡くなっていなかったの」

「え……」

ジークハルトがパウルだったと告げると、イザークは呆然《ぼうぜん》とし、くしゃっと髪をかきあげた。

「確かに……殿下は、パウルにそっくりだったが……」

すべてのことを話せば彼は最初、信じられないといったように絶句したが、徐々に顔つきは真剣なものとなっていった。

「……正直驚きすぎて、すぐには理解できない。……けど、冗談を言っているわけじゃないっていうのはわかる」

「イザークはあの当時から、何か変わったことはない？　私たちはそれぞれ異変があったの」

彼は首を左右に振る。

「いや、俺は何もない、あのとき体調が少し悪くなっただけでさ」

「彼は『光』魔力の『明』寄りだ。外部からの影響を受けにくい。魂は綺麗《きれい》だし、問題はない」

ヴェルナーの言葉に、リアとジークハルトはほっとした。

「え……？」

イザークは一瞬ぽかんとする。

「ヴェルナーは術者のオーラが見えるの」

「そういや今、魔術探偵って紹介受けたな……」

イザークは納得したように息をつき、両腕を組む。

「じゃ、村に行き、あのときのストーンに精霊王を封じれば、いいってこと？」

「ええ。そうよ」

「わかった、俺も行く」

イザークは力強く頷く。

ヴェルナーの怪我《けが》はすでに快復していたので、リアは彼ら三人と、生まれ育ったシュレ村へと向かった。

◇◇◇◇◇

数年ぶりに訪れた村は、外界から隔離されたように、のどかだった。

昔よく遊んだ草原には陽の光が踊るように輝き、色とりどりの花が咲いて蝶《ちょう》が舞い、上空では鳥がさえずっている。揺れる草花が優しい音を奏でている。

「懐かしいな」

イザークもリアも顔を綻ばせた。

「本当に」

(昔、パウルとイザークとここでよく遊んだわ)

風景画になりそうなくらい美しく、リアは感慨深く思った。風が吹き抜け、海の潮と花の香りが流れて切なさが胸にこみあげる。ジークハルトは目を細めて辺りを眺めていた。

リアの両親、イザークの母の墓参りをし、以前パウルが暮らしていた場所まで赴けば、四人は馬から下りた。

「今は誰も住んでねーようだな」

そう呟《つぶや》いてヴェルナーは口角を上げる。

「好都合だ」

閉ざされていた門の鍵を、ヴェルナーは手際よく壊した。敷地内に入れば最初に、まっすぐに伸びた塔に目がいった。パウルが暮らしていた蜂蜜色の塔。ジークハルトは黙し、眉を寄せている。

彼はまだ幼少時の記憶を取り戻していなかった。

敷地の奥にある、独特の雰囲気を放つ白い建物へと近づく。

傍《そば》には地下への階段が、あの日のまま存在していた。イザークがランタンを手に、先頭に立って階段を下りた。リアはこくんと息を呑《の》みこむ。皆、緊張していた。下まで行き通路を少し歩くと、幼い頃に見た扉があり、魔法陣が描かれていた。恐ろしさと懐かしさを同時に感じる。

「魔法で鍵がかけられていて」

リアが言うと、ジークハルトは扉に手を置いて魔力を解放する。その場が光り、扉の模様は色を帯び、ゆっくりと開いた。前は三人で扉に触れたけれど、今回はジークハルト一人だ。

室内に入った途端、ジークハルトは足を止めて頭を押さえ、呻《うめ》いた。

「…………っ！」

「ジークハルト様……!?」

「……少し頭痛がしただけだ。心配ない」

彼の顔色は良くなく、リアは気にかかったがジークハルトは毅然《きぜん》と前を見据えた。

室内奥にある階段を下り、二枚目の扉も彼が開けた。

向こう側は小さな部屋で、壁際の台座に以前のまま四角い箱が鎮座している。

「これか……」

「はい」

ジークハルトは魔法陣の描かれた箱を手にし、蓋を取った。中から漆黒のストーンを取り出す。

瞬間、彼はぐらりと倒れそうになり、その場に蹲《うずくま》った。

「ジークハルト様……！」

「…………」

ジークハルトは蒼白《そうはく》で、肩で荒い息をしている。額には汗が滴っていた。ヴェルナーが舌打ちした。

「……たぶん、殿下の中の精霊王が抵抗しているんだろ……」

リアは動転し胸が慄いた。ジークハルトがリアの名を呼んだ。

「リア……」

「……はい」

「君は『闇』術者だ……。……このオレを殺せ。そうして、オレの中の精霊王ごと消滅させろ」

リアは喉が干上がる。

「そんなこと、できません！」

(ジークハルト様を殺すなんて、絶対できないわ！)

そのときリアは、自分がどれほど残酷なことをヴァンに命じたのか悟った。ヴァンに自分を殺すように命じたのだ。ひどいことを頼んだ。ヴェルナーの瞳に強い焦りが浮かぶ。

「殿下。もしあなたが亡くなっても、精霊王を消滅させることはできません」

「何……？　なぜだ……」

「精霊王より先に、殿下が亡くなるからです。同時に世界は崩壊し、新たな世界が構築されます。殿下とリアはまた転生をするはずですが、次の生で二人に記憶があるかはわかりません。それに……おれが思うに、これは奇跡的に開いたルートです。幾つもの幸運が重なっていて、そのどれかが欠けてもきっと辿《たど》り着けなかった。精霊王は破滅を呼び寄せています……この生を逃せば、何十回、何百回繰り返しても、どれほどに惹《ひ》かれ合っても、あなたがた二人は……」

ジークハルトはぎりっと奥歯を噛みしめる。

「たとえ……記憶がなくとも……やり直す。次の生で、精霊王を封印する。今、この力をオレはとても制御できそうに、ない……。それにヴェルナーはそう言うが、ここでオレを殺せば、すべてがうまくいくかもしれない……。だからリア、オレを――」

「そんなことを、おっしゃるのはやめてください！」

リアの額に脂汗が滲んだ。

(できない!)

彼を殺すなんて絶対に——。ジークハルトは死を覚悟していたのだ……。

リアはぐるぐると考え、魔物のことを思った。

(ヴァンなら……)

精霊王を封じることができるかもしれない。しかしここに来られるだろうか……。

ジークハルトが触れたことで帝国内に入れないが、シュレ村から国外はすぐだ。

「ジークハルト様、国外へ。そうすれば私の魔物が来てくれますわ。ヴァンなら、きっと精霊王をあなたから切り離すことが——」

もし彼を殺すしかないのだとしても。

(絶対に殺させない——!)

「リア……」

ジークハルトはリアの手を掴《つか》む。そのまま彼の双眸から光が失われ、彼の意識はなくなった。

リアは全身が冷たくなり、心が押し潰されそうになる。

(死なせない)

ジークハルトの胸に手を置き、ストーンを持つ彼の手を握り、唇に唇を重ねた。身の内に風が駆け抜ける。髪がゆらりと揺らめき、彼に触れた指先が熱くなった。彼の中にある異質なものを強く感じる。ジークハルトの意識がないためか、その存在をはっきりと鮮明に。

(これは……精霊王……?)

リアは『闇』魔力のすべてを解放した。瞳が金色に光り、音もなくその場に、どこまでも深い闇黒《あんこく》が広がる。

異質なものを魔力で囲うことに集中させれば、ジークハルトはうっすらと瞼《まぶた》を持ち上げた。

「リア……」

「……ジークハルト様」

「……君の魔力か？」

リアは首肯する。

「あなたの中の精霊王を魔力で囲いこんでいます」

ジークハルトは目を閉じ、分離した存在を移動させていく。

それがストーンへとすべて移った瞬間、箱に入れ、かたんと蓋を閉めた。

魔法陣が空間に浮かび上がり、箱に吸い込まれ跡形なく、一瞬で消えた。

「――封じこめに成功しました」

ヴェルナーが冷や汗を拭い、吐息をついて言う。

「ここに来るまでの扉もその箱も、皇家直系の人間がいなければ反応もしないし、開閉できない仕様なのだと思います。下手に動かすより、ここにこのまま置いていたほうが危険はないでしょう。誰にも触れることはできないのですから」

リアはどうしても不安が拭いきれない。ジークハルトの中にまた入ってしまえばと心配だ。

「封じたストーンごと、私の魔物なら消滅させることができるかもしれません。国内には入ってこられないので、国外に一度出なければなりませんが、ここからなら時間はかかりませんわ」

◇◇◇◇◇

それで四人はシュレ村から離れ、国外を目指した。帝国領を出れば、リアはすぐ魔物を呼んだ。

「ヴァン！」

すると今までいくら呼んでも現れなかった魔物が上空を旋回し、リアの前に姿を見せた。四本の足に、背には大きな翼をもつ銀の竜。ヴァンの翼の動きと共に、緑豊かな平原に風が起きる。

「ヴァン、来てくれてありがとう！」

ヴァンは当然といったように返す。

「リアが呼べば来るよ」

「あれから大丈夫だった？」

「大丈夫だよ。あの男に国外に弾《はじ》き飛ばされてしまったけどね」

ヴァンはそう言って、ジークハルトを忌々しそうに睨《にら》む。元気そうでリアは安心した。

「んん？　あれれ？　リアの前世の旅の友もいる？」

ヴァンはヴェルナーを見て、目をくるりと動かした。三人は何もない空間で話をしているリアに呆《あっ》気《け》にとられている。困惑しつつイザークがリアに尋ねた。

「……そこに何かいるわけ？」

「ええ、私の魔物が」

ヴェルナーが感嘆したように呟く。

「すげぇ巨大な力は感じるけどな」

リアはヴァンに言った。

「姿を皆に見せてくれるかしら」

「いいよ」

リアの目にも、少し透明がかっていたヴァンの姿が鮮やかになり、はっきりと輪郭をもった。

三人は喉を鳴らした。

「――とても美しい魔物だな……。美しいほど位が高い。非常に高位だ」

ジークハルトがヴァンを凝視して口を開く。魔物は高位なものほど、美しいのだ。ヴァンを褒められて、リアは嬉しかった。

リアはヴァンに会ったら、最初に謝ろうと思っていた。

「あなたに前世で頼んだこと、私、本当にひどいことだったと深く反省したわ。ごめんなさい」

「うん、そうだよ！　本当に君はひどいひとだよ。一緒に冒険しようとも言ったのにね！」

「ごめんね、それもできそうにないわ」

ヴァンはしゅんとして項垂《うなだ》れた。

「ひどい……！」

リアはヴァンを撫《な》でて、時間をかけて宥《なだ》めた。徐々に機嫌が治ったヴァンに話す。

「あのね、あなたにお願いがあるの」

「なあに？」

ジークハルトが、四角い箱をヴァンの前に差し出して依頼した。

「この中にあるストーンに精霊王を封じた。それを消滅させてほしいんだ」

「ヴァン、お願い」

しかしヴァンは、困ったようにぷるんと首を横に振った。

「できない。精霊王を消滅させることは、この世界の誰にもできないよ」

では、どうしよう。皆は顔を見合わせた。やはりあの地下に置いておくしかないのだろうか。

ヴァンは明るく続けた。

「でもね、誰の手にも渡らない場所に運ぶことは可能だよ」

「運んでくれる？」

「リアはボクの主《あるじ》。ボクに可能なことならなんでも聞くよ」

「誰の手にも届かない場所とは？」

ヴェルナーが興味津々で問いかけると、ヴァンは彼を懐かしそうに見ながら答えた。

「ボクが生まれた北の大地の、さらに北にある天空だ。そこには他に生き物はいないから、どこよりも安全だと思う」

「なら、あの地下室よりいいかもな」

「ヴァン、お願いするわ」

「うん。じゃ早速行ってくる。またね、リア！」

箱を掴んで、ヴァンは上空へと飛び去った。

その光景を呆《ほう》けたようにヴェルナーは見上げる。

「あの魔物を使役するって、すげ……」

「前世であなたも、ヴァンと一緒に旅をしたのよ。ヴァンはあなたを懐かしがってたわ」

「旅したかったな。魔物と、リアと二人で」

独《ひと》り言《ご》つヴェルナーにジークハルトが鋭い視線を投げ、冷ややかな声で忠告した。

「ヴェルナー。命が大切なら、そういったことを言うのも考えるのも一切やめたほうがいい」

ヴェルナーは少し顔をひきつらせた。

「承知しました」

ジークハルトは宣言をする。

「リアは旅にもう出ない。オレが決して離さないから。もしリアが旅に出るのなら、オレと一緒だ」

リアは素直に頷いた。ジークハルトを放っておけないし、リア自身の感情として、彼から離れたくはなかった。

「私はジークハルト様を置いて、旅に出ませんわ」

イザークが俯いて、溜息《ためいき》をつく。

「仲良いな……。子供の頃からリアは、パウルのことが好きだったもんな……。リアが幸せになるなら、それが一番だ。俺はリアとパウルのことを子供の頃から、大好きだったからさ」

「？　イザーク？」

少し離れていて聞こえず、イザークに目線を向けると、彼は首を横に振った。

「なんでもない」

イザークは笑顔だったけれど、その表情はどこか哀愁を帯びても見えた。ジークハルトが全員を見回す。

「君たちに感謝する。ここまで来てくれ、ありがとう」

二人は礼を言われ、虚を衝《つ》かれ一瞬言葉を失ったものの、すぐに返事した。

「いえ。おれは魔術探偵としての好奇心もありましたので。解決してよかったです」

「俺は久しぶりに里帰りでき、村に来られて懐かしくて」

ジークハルトはリアに視線を戻す。

「リア」

彼はリアの肩に手を載せ、瞳を覗《のぞ》き込んだ。

「特に君には世話になった。何度礼を言っても足りない」

「私は何も……。無事すんでよかったですわ」

彼にじっと見つめられて、リアは恥ずかしくなって目を逸《そ》らせる。胸の奥が熱くなり、安心感と、切なさを感じた。

四人は帰路につき、ジークハルトとリアは皇宮へ、イザークは留学先に、ヴェルナーは帝都の店へと戻った。

◇◇◇◇◇

少し時間が経《た》ち、落ち着いてくると、リアは寂しくもなってきた。

皇宮の優雅なバルコニーで空を仰いでいると、執務を終えたジークハルトが戻ってきた。

「リア」

彼は颯爽《さっそう》と歩いてき、隣に立ってリアの手を取る。

「ジークハルト様」

指の間に指が絡まる。

近頃、彼といると無性に泣きたくなる。彼に記憶がないとしても、リアがはじめて好きになった相手である。パウル本人だと知らないまま、惹かれていた。恋心を自覚し、しかも初恋相手だとわかり、胸が騒いで仕方ない。

彼はもう片方の手でリアの髪に触れ、指で梳《す》いた。

「空を見ていたのか？」

「……ええ」

「君の魔物と別れた方向だな？」

彼は優しくリアを見つめる。彼の双眸は吸い込まれそうなほど綺麗だ。

「すぐに別れてしまいましたので」

前世でずっと旅をしていた大切な魔物。喪失感がすごかった。

「今度一緒に国外に出て旅行しよう。そのときに好きなだけ、君の魔物と話をするといい」

「ありがとうございます。ジークハルト様」

リアは心から感謝の言葉を述べた。

（よかった……！　ヴァンと会える）

あれが最後かもしれないと危惧していたのだ。ヴァンとたくさん話をしたい。

リアの笑顔を見て、彼は穏やかに微笑《ほほえ》む。

「オレはジークハルト・ギールッツとして生きていくことになる。だからその呼びかたでいいが、パウル、と昔のようにたまには呼んでくれないかな」

「……え？」

リアは瞬いて、彼を仰ぐ。ジークハルトはリアの背に手を回し、壊れ物を抱くように胸の中に包み込んだ。

リアは一つの予感に、とくん、と心臓が跳ねた。

「ここに戻るまでに少しずつ……今はすべて、思い出したんだ。君と過ごした日々を。君はオレを想っていてくれていた……」

リアは呆然と目の前のひとを見つめた。熱く、慈しみ深い綺麗な眼差し。切々と深く輝く瞳。

「……パウル……？」

リアは震える声を喉から押し出した。ジークハルトは哀しげに瞳を伏せる。

「オレは記憶を取り戻しても、双子の兄の記憶を植え付けられた。だから君の知っているパウルとは違って歪《いびつ》だ――」

「歪なんかじゃ……！」

彼はリアを強く抱き寄せる。

「子供の頃も、君のことを想っていた。君が作ってくれた花の冠を、イザークとどちらが手に入れるかで、真剣に勝負した」

彼はリアの頬に掌を添えた。

「リアの明るい笑顔も、利発なところも、怒った可愛《かわい》い顔も、思いやりのある心も全部好きだった。

君は昔オレが思ったとおりに成長したよ。美しく、優しく凛《りん》と」

彼は愛おしむように、リアに触れる。

「子供の頃、君に結婚してほしいと言ったね」

リアは頷く。

「そのときオレは君を守りたいと強く思った。他の誰にも君を取られたくなかった。イザークと帰ろうとするのに気が急《せ》き、送っていき求婚した」

彼の瞳には愛情が溢《あふ》れていた。

「好きだ、リア。今までもこれからも、ずっと。君のことが好きだ」

リアは涙で目の前がぼやけた。あたたかなものが胸の内にこみあげる。嗚咽《おえつ》を零して、彼にしがみついた。

「好き。あなたが好き……」

ジークハルトは精悍《せいかん》な頬を傾け、リアの唇に己のそれでそっと触れた。優しい口づけは徐々に情熱的なものに変わる。眩暈《めまい》を覚えながら、そのキスを受けた。

長い口づけを解き、二人は傍で見つめ合った。

「……父には悪いが、父が君の母親と結ばれなくてよかった。でなければ、オレたちは出会えなかったから」

「ええ……」

リアは切なくて俯いた。

「……私……ずっと、あなたに謝りたくて……。あなたの前の世で、わたしはあなたを傷つけ

「……あなた以外のひとと……」

リアにはその生の記憶はないが、事実を知り、ずっと彼に罪悪感と申し訳なさを抱いていた。

彼はリアの涙を長い指先で拭う。

「リアは何も悪くないよ。謝ることはない。君はオレの前の生については知らない。知らなくていいんだ。話さないほうがよかったと後悔している。全部オレが悪い」

リアはかぶりを振る。

「私……」

「すべてはオレの責任だ。君を傷つけ信じず、理解してあげられなかった。オレの度量のなさが原因だ。すまなかった。君に辛《つら》い思いをさせた……。許してほしい」

彼はリアを逞《たくま》しい胸にかき抱く。

――本当はずっと怖かった。婚約破棄されるのが。彼に対しても、自身の気持ちに対しても素直になれず、無意識にずっと感情を心の奥にしまいこんできた。

リアはジークハルトの腕の中で子供のように泣きじゃくった。彼はずっとリアを抱きしめてくれていた。

「あなたを愛してる……」

くるおしいほど、彼が好きだ。

「君を愛している。オレは君をもう決して離さない」

◇◇◇◇◇

数日後、リアとジークハルトは帝都を出、旅行した。ヴァンに会うためである。

帝国内では、ジークハルトと二人で旅を楽しんだ。国外に出るとリアはヴァンを呼んだ。抱えられる大きさまでになったヴァンと一緒に、隣国リューファス王国とツェイル王国をお忍びで観光した。旅行中、兄と弟の暮らす場所にも少し寄ったが、彼らは元気そうにしていた。

ジークハルトがとてつもなく難しい顔をするので、そこはすぐに後にした。ヴァンとたくさん過ごし、話をした。楽しい時間だった。しかし長期間、帝都を離れるわけにもいかない。

別れの日、海と空の群青が溶け合うなか、清々しい空気の丘でヴァンはリアを見て、瞳を潤ませた。

「リア……もうお別れなんだね。寂しい」

「私も……ヴァン……」

リアはヴァンをぎゅっと抱擁する。ジークハルトとの結婚は間近に迫っており、これから忙しくなる。帝都を離れることは今より難しくなるだろう。これがヴァンと会える最後になる可能性もある。

「ヴァン、またね」

「うん、またね、リア」

「あ、そうだわ」

リアは少々気になっていたことを口にした。

「前世で出会った聖女がいたでしょう？　彼女がもし今生でも困っているようだったら、大聖堂に辿り着けるように助けてあげて。私はそのときには、きっと国を出ることはできないと思うから」

「わかった。手助けをするよ」

ヴァンはこくんとすぐに頷いてくれた。

「ありがとう。ヴァン」

「ボクは君の命に従うよ。君を守る。そして子孫も守るからね。忘れないで」

(子孫?)

「リアの子孫ということは、オレの子孫でもあるな」

ジークハルトが言えば、ヴァンの目は据わった。

「フン。まあ、そうなるけどね……」

リアは頬が赤らむ。不服そうにしているヴァンの背を撫でる。ヴァンは小首を傾《かし》げた。

「ねえ、リア」

「何?」

「君のような紫色の瞳をした、ボク好みの『闇』術者に、ボクいつか会えると思う?」

リアは笑みを零した。

「ええ、きっと会える。あなたにとって、私以上の術者が見つかるわ」

ヴァンの瞳に透明な涙が、ぷくりと膨らんだ。

「見つかったとしても数百年後かもしれない。ようやく君を見つけることができたのに……」

リアがヴァンの涙を拭うと、彼はふうと息をついた。

「しんみりするのはよくないよね」

ヴァンは笑顔を見せ、空に浮かび上がった。

「リア、幸せにね……!」

「あなたも幸せに……」

「隣国リューファスに行ってみるよ。旅行中、楽しかったから。じゃあね……！」

リアは羽ばたいていくヴァンの姿を見送った。

（……ヴァン、さようなら）

大切で、とても大好きな竜が消えた星空を、リアはずっといつまでも見つめていた。

するとジークハルトが吐息交じりに呟いた。

「なんだか、妬《や》けるな」

リアは隣に立つジークハルトに視線を向けた。

「え？」

ジークハルトは自嘲的に言葉を吐く。

「オレは君が興味をもつものすべてを憎く思う。あの魔物にも嫉妬する」

真剣な顔で言うので、リアは笑ってしまった。彼はリアの頬に大きな掌で触れる。

「君にはオレだけを見ていてほしい」

「あなただけ見ていますわ」

「どこにも行かないでくれ」

「どこにも行ったりしません」

「ずっとオレの傍にいてくれるか？」

「はい」

リアは爪先立ちをして、彼の唇に唇を触れ合わせた。

「リア……」

「もう頼まれても、離れてなんてあげませんから」

彼は煌《きら》めくように微笑んだ。

「幸せすぎて……オレは夢を見ているのだろうか……。もし夢なら、永遠に覚めないでほしい」

涙がジークハルトの頬を伝う。目頭が熱くなり、リアも涙が零れ落ちた。

「あなたも私もここにいます。夢ではありませんわ」

「ああ」

ジークハルトはリアの涙を唇で優しくすくい取った。

口づけを交わし、互いを確認するように、抱きしめ合う。

夜の闇の中、満月と、幾千の星が二人を祝福するように瞬《またた》き、輝いていた。

「生涯、オレは、君を幸せにする」

書き下ろし番外編　たとえ君が誰を愛していても

「では、行ってまいります」

精巧な彫刻の刻まれた聖堂へ聖女が向かうのを、ヴェルナーはリアと共に見届けた。これから数日間、聖女は青の聖堂で身を清め、特別な部屋にこもって祈りを捧《ささ》げる儀式を行うことになる。

石造りの階段を上り、静謐《せいひつ》な建物内へと聖女の姿が見えなくなれば、リアはヴェルナーを仰いだ。

「あとは大聖堂ね」

「そうだな」

現在ヴェルナーはリアと、大聖堂まで聖女を送る旅をしている。

本来の護衛は山賊に襲われて亡くなってしまい、偶然、その場に居合わせたヴェルナーたちが、賊に攫《さら》われるところだった聖女を助け、彼女を護衛することになったのである。聖女は高値で売れるので旅の中で襲われることが多かった。しかも今護衛している聖女は王族の親戚だ。

――この島国における聖女は、五つのいにしえの聖堂で祈りを捧げ、最後大聖堂に辿《たど》り着いてようやく真の聖女と見なされる。それはひどく過酷な旅だ。

賊の目を聖女から逸《そ》らせるために、リアが聖女に扮装《ふんそう》し、危険がないように注意して旅をしていた。

青の聖堂は五つ目で、残るは大聖堂のみ。聖女を送る旅もあとわずかである。

「町へ戻ろう」

「ええ」

聖職者と警衛に守られた聖堂内は安全だ。そこに立ち入ることは部外者は許されていなかった。儀式が終わるまでの間、町に引き返し宿をとることにした。リアはふっと空を仰ぐ。

「雨が降りそうだわ」

白の装束を纏《まと》ったリアは神秘的である。

プラチナブロンドの髪に、透き通った紫色の瞳、細い鼻梁《びりょう》、紅を塗らずとも艶やかな唇。

類いまれな美しさをもつ彼女は、ヴェルナーより十歳年下の二十三歳。

約七年前、リアが人買いに捕まり、それをヴェルナーが救ったのが縁で一緒に旅をしている。

聖女も山賊に襲撃されたり危険な目に遭ったが、リアも相当な人生を歩んでいた。

「雨が降る前に、町に戻れればいいが」

「雨だけならまだマシなんだけどね……」

リアは不安げに溜息《ためいき》をつく。彼女は雷が大の苦手なのだ。

顔色は変わらず悲鳴も抑えるから、本人から聞かなければ、雷が苦手などわからなかった。

今は大分素直に喜怒哀楽を見せるようになったが、彼女は自身の感情を抑えこむところがある。

それはおそらくその半生が原因だ。

――リア・アーレンスは公爵家の令嬢で、大国の皇太子と婚約していた。

だが、皇太子に他に結婚したい女ができ、彼女は悪役に仕立て上げられ、舞踏会という公衆の面前で婚約破棄を突き付けられたのだ。ショックを受けて自棄《じき》になったリアは、人買いに捕まってしまった。当時、ヴェルナーは帝都で一番の会員制高級賭博場を経営していた。

リアが売られそうになっていた場に、たまたま遭遇して彼女を買った。

変態にいいようにされるのは可哀想《かわいそう》だったし、彼女自身に強い興味を覚えたのだ。

美しい外見――それ以上に、彼女の魂のオーラに強く惹《ひ》きつけられた。

ヴェルナーは特殊な目を持ち、魔力保持者のオーラを見ることができる。

賭博場の経営者かつ魔術探偵でもあり、犯罪者を捕らえる組織の上層部に所属していた。父は貴族だが、母はメイドでヴェルナーは認知されず、母の死後、家族というものがなかった。泥の中を這《は》いずるようにして莫大《ばくだい》な財を築き、成り上がったのだ。

国を出るリアに同行したのは彼女を放ってはおけず、また、新たな人生を始めるのも悪くないと考えたからだ。帝都では満たされない想いをずっと抱えていた。

その後、世界各地を旅している。

冒険の日々は楽しかった。

旅の仲間のリアとの間に色恋は皆無である。


上空では重たい雲が垂れ込めはじめている。

馬で駆けていれば、鬱蒼《うっそう》と茂る木々の隙間から、男の叫び声が聞こえた。リアが耳をそばだてる。

「今の、悲鳴……!?」

「みてぇだな。関わらないほうがいーんじゃね?」

「もう、ヴェルナー！　助けに行きましょ！」

厄介事に巻き込まれるのは御免だ。しかし悲鳴の主に何かあれば、確かに目覚めが悪い。

（そういや、聖女のときもこうだったな……）

そう思いながら、声のした草むらに駆け付けると、低級の魔に襲われている青年の姿が見えた。

ヴェルナーは『炎』魔力を持つが、それより強いリアの魔力が魔を瞬殺する。

鋭い風が魔を切り裂き、低級の魔は跡形もなく消滅した。

（すげぇ……）

いつもながら、彼女の魔力は美しくて見惚《みと》れる。今まで様々な術者を見てきたが、リアほど惹きつけられる術者は知らなかった。透明感があり、とても綺麗《きれい》だ。しかも彼女は日頃、その能力をセーブしてすら見える。もっととんでもない力を秘めているのかもしれない。ヴェルナーは半ば陶然と眺めていたが、襲われていた男がリアをぼうっと見つめているのに気づき、内心舌打ちした。

（……ああ、嫌な予感当たった）

ヴェルナーの懸念をよそに、リアは馬から下り、尻もちをついている男の前まで歩み寄る。

「大丈夫ですか？」

「は、はい……！」

二十代半ばほどの男はリアを凝視した。

「すごい……あなたは、魔力の持ち主なのですね」

故郷もそうだが、この島国でも術者はごく少数だ。また、魔力保持者のほとんどは王侯貴族である。

男は土下座せんばかりに頭を下げた。

「ありがとうございます。助かりました……！」

「いいえ、ご無事でよかったですわ」

「まさか、聖女にお会いできるなんて！　聖女の中でも術者は一握りと聞きます……なんて運がいいんだろう！　感激です！」

リアは今、聖女の衣装を纏っているので男は誤解したみたいだ。リアは微笑《ほほえ》んで否定した。

「いいえ、私は聖女ではありませんわ」

悪党から聖女を守るため、リアは扮装していたのだ。町で着替えるはずであった。

「え……？　でも……」

「私は護衛です。今、聖堂まで聖女を送ったところなんです」

男は間抜けな顔でぽかんと口を開ける。

「聖女そのものなのに……護衛……!?」

実際リアは聖女より神々しい。大国の皇妃になっていたかもしれない人間だし、当然といえば当然だ。この島国は神託によって自国民から聖女を選ぶが、都の中心にある神殿の貴石を輝かせることのできる者も聖女の素質をもつといわれる。リアはその貴石に触れたことがあるが、とんでもなく激しく輝いてしまった。吃驚《きっきょう》した神殿の人間に勧誘されそうになり、慌ててそこから逃亡したことがある。

この国の者ではないし、旅をしているリアは、聖女になる気はない。

「これからどちらに行かれるのですか」

男は食い入るようにリアを見、尋ねてくる。リアは町の方向に目線を向けた。

「この先の町ですわ。聖女の儀式が終わるまで、滞在しようと思いまして」

「宿をお探しなら、どうぞ我が家にお越しください！　部屋はいくらでも空いてますし。父親が町長なんです」

「ですが……」

「助けていただいたお礼をさせていただきたいんですよ」

男はリアに強く主張した。彼女に惹かれる者は多く、道中何度もこういった場面に遭遇した。熱に浮かされている男にヴェルナーは嘆息する。リアがこちらを振り返った。

「こう言ってくださっているけれど、どうしようかしら、ヴェルナー」

「おれはどっちでも」

そこではじめて、ヴェルナーの存在に気づいたらしい男は呆然《ぼうぜん》と立ち尽くした。衝撃を受けているようだ。今までリアしか目に入っていなかったらしい。

（おれはさっきから、ずっといたぞ）

リアと、半眼《はんがん》になるヴェルナーを彼は交互に見、悄然《しょうぜん》と問いかけた。

「お二人は……ご夫婦とか……恋人なんですか……？」

リアは彼に視線を戻して、事実を伝えた。

「いいえ、旅の仲間です」

男はほっとしたように肩から力を抜く。しかし彼から敵愾心《てきがいしん》のようなものをヴェルナーは感じた。

「ぜひ、お二人で家においでください」

面倒だな、と正直思った。だが強く勧められ、結局断れず行くことになった。

（ま、特に宿は決めていなかったし、いいか……）

◇◇◇◇◇

町で最も大きい、石壁の屋敷が町長の家で、高台に建つ屋敷の離れにしばらく滞在することとなった。町長の息子を救ったことで、下にも置かないもてなしだ。

夜、町長の家族によって夕食会が開かれた。

「兄を救ってくださってありがとうございます」

ヴェルナーの隣の席に座り、話しかけてきたのは襲われていた男の妹である。

鳶色《とびいろ》の髪と瞳をした綺麗な顔立ちの娘だ。兄妹よく似ている。

「救ったのはおれではないですよ」

ヴェルナーは反対側に座るリアに目線を流す。リアは助けた男に捕まり熱心に話しかけられている。

「助けたのはリアで」

「兄の窮地にお二人が通りかかってくれて、よかったです。そしてここにいらしてくださって本当によかった」

彼女は愛嬌《あいきょう》があり、終始にこにこと笑顔でヴェルナーに旅の話を尋ねた。

その後、皆で庭に移動し、そこで町長や長老とも会話した。

食事会が終われば、ヴェルナーは離れの居間でリアと向かい合って椅子に座った。

「とても良いひとたちね」

「そうだな」

皆、陽気で朗らかである。リアはふふっと笑う。

「私、町長の娘さんと庭で話したんだけれど」

「ああ。何？」

「あなたのこと格好良い、素敵だって。好きな食べ物は何かとか色々訊《き》かれたわ。きっとあなたに好意をもっているんだわ」

気づいていた。帝都にいる頃から女に不自由をしたことがない。旅の中でも秋波を送られることは多かった。

「あなた、容姿が整っているし、見た目好青年だものね」

リアは若干溜息交じりに言う。

「ほんのり危険な感じがするところが女心をくすぐるって、以前会った女性が言っていたわ。長身だしスタイル抜群、日に焼けた肌は野性的、オッドアイの瞳はすごく綺麗で、モテるのもわかるわよ？」

「ほめ殺しかよ？」

リアは両腕を組んで、諭すように言葉を紡ぐ。

「でも厄介事は起こさないでほしいわ。これまでもあなたを巡り、女性たちが揉《も》めることが多くて多くて」

ぼやくリアは、ヴェルナーに対し恋の関心は全くもっていない。また、彼女は知らないのだ。

今までリアに惚《ほ》れた男らにより、どれだけ騒動が起きたかを。すべてヴェルナーが秘密裡《ひみつり》に処理してきたので知らなくて当然なのだが、殺し合いに発展しそうなときもあったのだ。

それを止めた自分はリアに感謝こそされ、文句を言われる筋合いはない。

「無闇に異性を誑《たぶら》かしちゃだめよ」

（その言葉、そのまま返してぇんだが……。無自覚にタチ悪ぃな、おい）

リアは組んだ腕を解《ほど》き、睨《にら》んで続けた。

「あなたはタチが悪いんだから」

ヴェルナーは眉をそびやかした。これには黙っていられない。

「あのなあ。それはリアじゃねぇかよ」

町長の息子から、好意を寄せられていることもわかっていない。あまりにも疎すぎる。

リアによれば、皇太子が婚約破棄したのは皇太子に他に好きな相手ができたからだとか……。それが事実なら、皇太子は救いようのない阿呆《あほう》であるのだが。

（リアの鈍感さが一因となってんじゃねーのか……）

実は皇太子の心変わりなどでなく、単にすれ違いが原因だったのではとヴェルナーは睨んでいる。

リアとの婚約の破棄したあと、皇太子は他の女との婚約を宣言したらしい。だがいまだ誰とも結婚していない。情報屋から聞いたところによれば、皇太子は帝都を出、放浪しているとかなんとか。

それをヴェルナーはリアには伝えていない。

（まさか、リアを捜しているってわけじゃねぇだろうが……）

念のため祖国から遠く離れた場所を旅し、痕跡を残さないよう注意を払っている。

リア自身、帝国から離れたがっていた。放浪者の皇太子と万一にも出くわさないよう、ヴェルナーは気をつけているのだ。このことに関し、リアに今後も話す気はない。

祖国についての情報を、リアは決して耳に入れないようにしているから。

◇◇◇◇

屋敷に来て二日後、ヴェルナーは長老に部屋に呼ばれた。長老は助けた男の祖父にあたる。

「お話というのは、なんでしょうか」

「孫と結婚してもらいたいんじゃ」

開口一番そう言われ、ヴェルナーは虚を衝《つ》かれる。

「……結婚？」

「ああ」

好々爺《こうこうや》の長老は白髭《しろひげ》の伸びた顎を引く。

「孫娘が大層、あなたを気に入っとってな、そしてあの別嬪《べっぴん》さん。彼女に孫息子が惚れとる」

知っている。

「…………」

「孫娘とあなた、孫息子とあの別嬪さんに結婚してほしいと思うんじゃ」

厄介なことになった。ヴェルナーはくしゃっと荒々しく髪をかきあげる。

「せっかくのお話ではありますが、おれは結婚には全く不向きな人間なので。どれほど素晴らしい女性であっても、結婚はできません。申し訳ありません」

「ふむ……そうか……」

長老は残念そうに、深い溜息を落とす。

「リアについては、彼女自身に尋ねてみてください」

「別嬪さんにも話すがの、そのまえに、あなたに確認しておこうとな。最初の日にも尋ねたが、本当に二人は付き合っているわけではないのかね？」

ヴェルナーは軽く肩を竦《すく》める。

「そういう関係では全くありませんよ。彼女は旅の仲間ですから」

リアと出会って何年も経《た》つが、手を出したことも出そうと思ったこともない。

リアは皇太子と婚約していた大貴族の令嬢。ヴェルナーは生きるために幼少期から何でもしてきた。汚れすぎたこの手で、清純なリアに触れようなどと思わない。そんなことをするなんて勿体《もったい》なさすぎる。

「では、わしの孫と結婚してほしいと彼女に話してもいいか？」

「もちろん」

彼女が受けるかどうかは別のハナシではあるのだが。おそらく受けないだろうと、ヴェルナーは思う。長老は片眉を上げた。

「顔色、変わらんなあ」

「？」

長老は枯れ木のような指で髭を摘まむ。

「たとえ旅の仲間といっても、彼女に結婚の話がでれば、嫌な気がするのではと思ったんじゃが」

じっと見られ、ヴェルナーは不可解に感じる。

「なぜおれが嫌な気がすると？　おれは彼女に良い人がいれば、結婚を考えるのもいいとよく勧めています」

「ふむ……」

今までヴェルナーは、リアに惹かれた男の中で、彼女を幸せにできるかもしれないと感じられた者の後押しをすることがあった。だがリアはどの男も拒絶した。彼女の心には特定の相手がいる。

それが婚約者だった皇太子なのか、他の男なのかはわからない。

（正直、長老の孫息子に関しては、リアに勧められねぇんだよな……。あれくらいの魔に苦戦するような男は許せん、駄目だ）

「これは老いぼれからの忠告じゃが」

「何でしょう」

「後悔のないように生きたほうがいい」

そう言い、長老は両の目を細める。

「今あるものが、ずっとこれからもあるとは限らんぞ。あの別嬪さんに、もし特別な感情を抱いているなら、できるだけ早く伝えたほうがいい」

「ですから、おれは……」

長老はくつくつと喉の奥で笑う。

「長く生きていると勘が働く。手遅れにならんうちに、さっさと行動に移すべきだ」

預言めいた言葉に、ヴェルナーは内心眉をしかめた。

「お言葉、肝に銘じます」

（勘ね……）

長老は笑いをおさめ、窓に視線を向ける。外は白い霧に包まれていた。昼に町を歩いていたとき、今夜は霧が出そうだ、行ってみたいが行くのは無理だ、と町民が話していたことを思い出す。

「そういえば霧の日、何かあるのですか？　町でちらっと耳にしたんですが」

気になっていたので訊いてみると、長老は頷《うなず》いた。

「この地では、霧の夜の言い伝えがあってな」

「言い伝え？」

「そうじゃ」

長老は静かに語った。

「泉の傍《そば》にある、祠《ほこら》の前で、霧の夜に願い事をすれば叶《かな》うといわれておる。今晩はまさにその夜だ」

（願いが叶う泉――）

ヴェルナーは窓の外に広がっている霧を眺めた。段々濃くなっている。

「泉のある森は魔物が出るから、そこに行く者は今はおらん。昔行った者の話によると、夜だというのに霧の中で泉は煌《きら》めいて光っており、非常に美しいらしい。あなたがたは魔力があるし、もし行くことができるようなら行ってみたらいい」

願いが叶う云々《うんぬん》そういったことを信じていないが、少々興味はそそられた。

長老と話をしたあと、ヴェルナーは滞在している離れに戻った。

すると居間で木椅子に座っていたリアが美しい髪を肩から滑らせ、ヴェルナーにふっと顔を向けた。

「ヴェルナー」

彼女の膝には小さくなった白銀のドラゴン、ヴァンがのっていて、心地よさそうに眠っている。

いつの間にかリアの元に帰ってきたようだ。高位の魔物ヴァンは、リアが道中で契約を結んだドラゴンである。本来その身は巨大であるが、抱えられるくらい小さくもなれる。

「ヴァン、戻ってきたんだな」

「あなたがここを出て、すぐやってきたの」

ヴァンは主《あるじ》のリアに懐いていて、彼女が呼べばすぐに現れる。日頃は気ままに上空を飛んでいて傍にはいないが、寂しくなるとリアに甘えにやってくる。今がそうなのだろう。

リアは、すぴすぴ眠るヴァンの背を優しく撫《な》でながら、ヴェルナーを見る。

「長老さんのお話って、なんだったの？」

「結婚のハナシ」

「結婚？」

ヴェルナーは彼女の前の椅子に腰を下ろし、足を組んだ。

「孫と結婚してほしいってよ。君には孫息子と、おれには孫娘と。おれのは断った」

リアは綺麗な眉をきゅっと寄せる。

「私についても断ってくれたのよね」

「いや。君に話してくれって言った」

「もう！」

彼女は目を吊《つ》り上げて抗議する。

「なぜそのとき一緒に私の話も断ってくれなかったの。私が誰とも結婚する気ないって知っているでしょ。長老さんからそんなことを話されても困るから」

勝手に自分が返事をするのもどうかと思ったのだ。

「受けてみるのも、一つの選択肢じゃね？」

彼女は結婚話を受けないとわかっていたけれど。

リアはヴェルナーを不機嫌に睨む。美貌だから迫力だ。ヴェルナーは焦って目を逸らせながら、ふと考える。――彼女の心にいる相手。

（一体誰だ）

リアが十六歳のときからずっと共に旅をしているが、彼女は清々しいほど色恋に無関心だ。訊いたことはないが、心に焼き付いている存在があるからだろう。その男はかなり罪深い。

（やはり、皇太子か？）

波立つ感情を紛らわすように、ヴェルナーは先程聞いた話を口にした。

「そういや、森に願いが叶う泉があるらしいぜ」

「え？」

気を取られたのか、リアの眼差《まなざ》しが若干和らいだ。

「願いが叶う泉？」

「ああ。今日昼、町を歩いてるとき、霧がどうこうって話、聞こえてきただろ？」

「そういえば町の人が話していたわね」

ヴェルナーは唇に笑みを含み、足を組み替える。

「霧の夜、森の泉で願い事をすると叶うんだってさ。森は魔物が出るから皆行けないらしいが、おれたちは術者だ。行ってみる？　ちょうど霧の夜だ」

彼女は機嫌が直り、瞳を輝かせた。

「そうね。せっかくだし行ってみましょう！」

いつから起きていたのか、話を聞いていたらしいヴァンが、ぷるんと尾を回して喋《しゃべ》る。

「じゃ、二人ともボクの背に乗るといいよ。そこまで運んであげる！」

屋敷の外に出、ひとけのない場所まで移動すると巨大化したヴァンの背に乗った。

月と、金銀の星々が織りなす夜空を、風を切りながら優美にヴァンは飛翔《ひしょう》する。

◇◇◇◇◇

長老の言葉どおり、闇の中で泉は光り輝いており、上空からすぐ場所がわかった。ヴァンのお陰で難なく来られたが、普通の人間がここまで辿り着くのは確かに無理だろう。森の奥深くにあり、魔だけではなく野生動物も出る。用が済んだら呼んで、と言ってヴァンは空に飛んでいった。

「わ……とても綺麗ね、ヴェルナー！」

リアは感激したように辺りを見回す。

「ああ」

確かに美しかった。精霊の一種なのだろう、小さな光が無数に輝いている。透き通ったエメラルドグリーンの水面は光を弾き昼《はじ》のように煌々《こうこう》としている。泉を囲んで咲く可憐《かれん》な花は、柔らかく風になびいていた。しばらくその絶景を二人で眺めていたが、ほとりに石造りの祠を見つけ移動した。

傍には見上げるほどの巨木がそびえている。

リアと並んでその前に立つ。しっとりと冷ややかでどこか甘い夜気が肌に触れる。

彼女は屈《かが》んで苔《こけ》むした祠を観察したあと、こちらに視線を向けた。

「ヴェルナーは何を願うの？」

「願いは口にしたら叶わないいんじゃねぇ？」

「え……っ」

リアはびっくりしたように目を見開いてヴェルナーを見つめる。

「あなた、現実主義者だと思ってたけど……意外とロマンティストなのね。何年も一緒に旅をしてきたけれど、はじめて知ったかも」

「男は皆ロマンティストさ」

驚きの目をされ、決まりが悪くなる。別にヴェルナーはロマンティストなわけではない。ただ単純に言いたくないだけだ、恥ずかしいから。リアは祠に視線を戻す。

「それじゃ、願いましょうか」

「ああ」

祈ることなら決まっていた。好きな女の幸せだ。リアとの関係は恋愛ではないが、強い絆《きずな》がある。

――リア自身が心から愛する相手と結ばれ、幸せになるよう。もしも生まれかわりというものがあれば、今も彼女の心にある、愛する男とリアが結ばれるよう――。

おそらく彼女の好きな相手はもう亡くなっているか……。二度と会えない皇太子。

皇太子だとして、万一再会しても関係性がこじれ過ぎている。今生では結ばれない。だから来世に。

願ったあと、ふっと瞼《まぶた》を開いた。リアはまだ目を瞑《つむ》っていて、長い睫《まつげ》の影が頬にかかっている。その横顔は清らかで凛《りん》としていた。もしリアが五つの聖堂を巡り、大聖堂に辿り着けば聖女の中の聖女になるに違いない。目を開け、リアは紫色の瞳をこちらに向けた。

ヴァンはリアのこの瞳を気に入っているが、ヴェルナーもそうだ。

「何を願った、リア？」

「話すと叶わないんじゃなかったの？」

リアは唇に弧を描く。

「あなたも私も、願い叶うといいわね」

「そうだな」

結局、互いに願った内容は口にしなかった。彼女の願いは何なのか、正直かなり気にはなった。自分にできることなら、叶えてやりたいと思う。リアの誕生日までもうすぐだし、そのときにでも。

だがこれ以上訊けない。自分も願いを言う気がないのだから。

泉の周りに咲く花を見て歩きながら、リアとこれまでの話をする。

「今まで色んなことがあったわね」

「ああ」

大変なこともあったが、ヴェルナーは旅を楽しんでいる。帝都で賭博場を経営していたときには、得られなかった充実感。成り上がり、財産は使い切れないほどあったが、あの頃は虚《むな》しい日々だった。

「私、滝から落ちてしまったことがあったでしょ？」

リアは笑顔で話すが、そのときのことを思い出し、ヴェルナーは肝が冷える。

「マジ焦ったぜ」

くるいそうなほど動揺して彼女を捜し回り、見つけたときは滝に落ちたあとだったのである。

「ふふ。あのときはびっくりさせちゃって、ごめんね」

幸い無事だったから良かったが。彼女も恐ろしい思いをしただろう。

だがどんなときでも彼女はヴェルナーの前で泣いたことがない。強い。しかし、脆《もろ》い。

リアは幼い頃に両親を亡くし、母方の実家、公爵家の養女となった。その生い立ちのせいか、我慢し抱え込むところがあるのだ。おてんばだが何でも聞き分け、良い子すぎる。自分の身を犠牲にしても、困っている者を助けようとする。滝から落ちたのも、落下しそうな人間を引き上げ、自分が落ちてしまったのだった。ヴェルナーはリアが心配で仕方ない。彼女から決して目を離さないと、そのとき決めた。再会した際、落ちちゃったわ、と今のように彼女は明るく笑って言っていた。

(好きな男の前では、リアも涙を流すのだろうか)

純粋だから悪い男に騙《だま》されたらと気がかりだ。しっかり者だし大丈夫だろうけれど。

もし恋をすれば、その手助けをする。だがヤバい男だったら、全力で止める。男を殺してでも。

ヴェルナーが、人生で最も惚れた女がリアだ。

自分はリアにふさわしくないし、穢《けが》したくない。彼女とどうこうなろうとも、なりたいとも思わない。彼女がいつか恋をすれば、旅の仲間として見守る。完璧にそうする自信がある。

リアが誰と恋をしたとしても、リアがリアであることに変わりはないのだから。

「この泉、本当に素敵」

ヴェルナーは深く頷いた。

「神秘的だな」

だからこそ、これほど物憂く考えてしまうのかもしれない。

夜霧の立つなか、幻想的な泉の光を互いに眺めていて気配を感じたときには遅かった。

草むらからこちらに飛び掛かってくる魔に、すぐ対処できなかった。

「リア！」

狼《おおかみ》とも似ているが、翼と大蛇の尾をもつ強力な魔。ヴェルナーはとっさにリアに覆いかぶさった。

瞬間、魔に腕を噛《か》みつかれた。

「……っ」

「ヴェルナー……！」

ナイフを取り出し、炎の魔力を込め、食らいつく魔を貫く。魔は呻《うめ》いて離れると、咆哮《ほうこう》を上げて炎にまみれ消滅する。

ヴェルナーはリアに視線を走らせる。

「リア、大丈夫か……!? 怪我《けが》はないか……!?」

「私は大丈夫よ、あなたが……！」

青ざめているが、リアのどこにも怪我はみられなかった。

（良かった……）

ほっとするのと同時にぐらっと激しい眩暈《めまい》がして、ヴェルナーは頬を歪《ゆが》め、その場に膝をつく。

「……ヴェルナー！」

「心配ねぇ……」

だが脂汗が滲《にじ》み、呼吸がしづらかった。先程の魔は毒性だったらしい。

「他にもいるかもしれねぇから、リア、今すぐヴァンを呼んで、ここを、離れ……」

最後まで言葉にする前に、視界は狭まって曇り、意識が遠ざかっていった。

◇◇◇◇◇

次に瞼を持ち上げたとき、木の天井が目に映った。滞在している離れの部屋だ。寝台脇にはリアがいた。ヴェルナーは寝台に寝かされており、心配そうにリアがこちらを見つめていた。

「リア……大丈夫だったか？」

ヴェルナーが訊けばリアは泣きそうな顔をした。

「私は怪我も何もないわ、あなたが庇《かば》ってくれたから。怪我をしたのはあなたなの……。あなたはいつも私の心配を最初にするのね……。目が覚めてよかったわ……」

潤んでいる紫色の双眸《そうぼう》を綺麗だな、と心から思う。

否応《いやおう》なく、瞳も魔力も彼女のすべてが、ヴェルナーを惹きつける。

魔物のヴァンはリアの瞳を好んでいる。自分はひょっとしてヴァン同様、魔物なのではないだろうか……。魔に噛まれた肩には、包帯が巻かれていた。

（……町長の息子をどうこう言えねぇな。おれ、情けねぇ……）

リアに心配をかけてしまった。

「あのあとヴァンを呼んでここに戻ったの。医師に診てもらって、傷の手当てをしてもらったのだけれど……。痺《しび》れが一ヵ月ほど出るって……」

「一ヵ月、か……」

身を起こせば実際、手足に強い痺れを覚えた。

「…………」

眉間を皺《しわ》めてしまえば、リアが気づかわしげにヴェルナーの肩に手を載せた。

「ヴェルナー……！」

「平気さ。気分は悪くねぇし」

少し熱っぽく、痺れがあるだけである。

「ごめんね……私のせいで」

落ち込むリアにヴェルナーは嘆息した。

「リアが謝ることねぇよ。おれがしたくて勝手にしたことだ」

腕を伸ばし、彼女の頭に手を置くが指先は全く動かない。そのときノックの音がした。

ヴェルナーがそれに答えれば扉から長老が姿を見せた。

「おお、目覚めたようじゃな。どうじゃ具合は？　大丈夫か」

「大丈夫です」

ヴェルナーは頭を下げた。

「ご心配をおかけして、申し訳ありませんでした」

長老はかぶりを振る。

「いや、わしが泉に行くように話さなければよかった。すまんかった」

「行って泉を見られてよかったです。絶景でした」

「本当にとても綺麗でしたわ」

リアが長老に椅子を勧め、彼はリアに微笑んで腰を下ろした。

「特殊な怪我らしい。痺れがしばらく続くようだから、快復するまでここに滞在するといい」

「ありがとうございます」

リアが長老に深く礼をし、ヴェルナーは少し焦った。

「いえ、おれは聖女を送る旅があるので」

リアがヴェルナーのほうに視線を戻して言う。

「私が聖女に同行するわ。戻るまであなたはここにいて。大聖堂まであと少しだから私だけで平気よ」

「だが、リア」

「大丈夫」

冷静に考えれば自分がいることで、道中、足を引っ張ってしまうだろう。この痺れでは、移動もままならない。聖女の向かう大聖堂まではリアの言うとおりわずかだ。

しかしリアを一人で行かせるのは心配である。リアは強い魔力を持つが万一のことも考えられる。

「ヴァンもいるから」

誰に任せるより、どんな男より、ヴァンなら安心ではあった。リアに従順な竜は彼女を必ず守る。

だがそのとき――ヴェルナーはざらりとした、おかしな予感を覚えた。しかしそれがなんなのか、はっきりわからず、悩んだものの、苦渋の決断を下した。

「……わかった。リア、君は時々無茶をするから。何よりまず、自分の身を優先するんだぜ」

「ええ」

彼女はヴェルナーを安心させるように頷いて笑む。

◇◇◇◇◇

翌々日、リアは出発することになった。

「リアさん、寂しくなります……。もう旅に出てしまわれるんですね」

町長の息子は悲しげにがくんと肩を落としている。

「聖女が儀式を終えますので。今までお世話になりました」

広間で賑《にぎ》やかな食事会が開かれていた。

「リアさん、あなたこそ聖女そのものです！」

「聖女に危機が及ばないよう、扮装をしていますから」

「あなた自身が、神秘的で美しいから……！」

頬を赤らめつつ彼は熱弁していた。彼はかなりリアにのぼせ上っていて、ヴェルナーは半眼《はんがん》になる。

結婚の意思はないと、リアは長老にはっきり告げた。彼も返事を聞いただろうに、まだ諦められないようだ。車椅子に座りながら、ヴェルナーは秘かに呆《あき》れてその様子を傍観していた。

「リアさん、また来てくださいますよね」

「大聖堂まで聖女を送り届けたら、また寄らせていただきます。どうぞ、ヴェルナーをよろしくお願いいたします」

それには彼の妹が意気込んで答えた。

「ご安心くださいませ！　わたしが責任をもって、お世話させていただきますから！」

リアが帰る頃には良くなっているだろうが、まだ完治まで時間がかかりそうだ。

「ありがとうございます」

リアは礼をする。周りに迷惑をかけてしまっていて、申し訳なくて仕方ない。この借りは必ず返さなければならない。

リアが荷物を取りに離れに行き、ヴェルナーも一緒に移動した。

そこでリアと別れの言葉を交わした。

「じゃ、ヴェルナー、そろそろ私行くわね。さよなら」

「ああ」

人生何が起きるかわからないと、つくづくと思い知った。自分がこうして車椅子を必要とするようになったのだ。痺れは消えるし、この状態はずっと続くわけではない。

が、命に関わる毒であったなら今自分はリアを残しこの世にはいない。

「リアが、戻ってきたら」

長老の預言のような言葉ではないが。彼女に伝えようか……。ヴェルナーはふとそう思った。

彼女への、この気持ちを。

「――話があるんだ」

リアはけぶるような睫を揺らせ瞬《またた》く。

「まだ時間はあるし、今聞くわよ？」

「帰ってきたら。そのとき話すさ」

覚悟を固める時間が、必要だった。

「そう。じゃ、今度ね」

ヴァンがいる。彼女に旅の危険はないはずだ。

――リアが誰を愛していても。他の誰かへの想いを、彼女が抱えていても。それでいい。

（おれが君を好きなだけだ）

彼女が自分を受け入れられないのはわかっている。どうこうなりたいわけでもないのだ。ただ気持ちを一度告げよう。

旅はずっと続く。気まずくならないよう、彼女を困らせないよう、深刻にならないように伝えよう。

部屋を出ていこうとするリアの背を見、ヴェルナーは突如、冷たい不安が突き上げた。

（………）

それが何かはわからなかったが、どうしようもないほどの切迫感だった。

「――待て！　リア」

彼女は束ねたプラチナブロンドの髪をさらさらと滑らせ、わずかに首を傾《かし》げて振り返る。

「？」

短い時間にヴェルナーはとんでもなく迷い、躊躇《ちゅうちょ》した。

だが引き留めることを、このときヴェルナーは選択した。

「行かないでくれ」

彼女は虚を衝かれたように、動きを止めた。

「……え……？」

ヴェルナーは喉から声を押し出し、もう一度言葉にした。

「行かないでほしい」

なぜ止めなければと思ったのか。わからない……。しかしこのままだと二度と彼女に会えないような気が確かに、した。彼女は扉のノブから手を離した。

「……どうしたの……。これから聖女を迎えに行って、大聖堂に送り届けないといけない」

ヴェルナーは瞬時に考えを巡らせた。

「少し遠回りになるが迂回《うかい》すれば、魔力を持たない護衛でも大聖堂まで安全に送り届けられる。町長か長老に腕の立つ護衛を紹介してもらえばいい」

彼女は瞳に困惑の色を浮かべる。聖女を大聖堂まで護衛するという使命感と責任感をもっているため、途中で放り投げるようで抵抗があるのだろう。

「でも」

「リア、頼む……行くなよ」

手を伸ばすが、やはり指先は思うように動かない。

「行かないでくれ」

リアはこちらに歩み寄り、ヴェルナーの手を両手で包む。少し茶化すように彼女は問いかける。

「心細いから行かないでほしい、とか？」

「そうだ」

ヴェルナーが認めると、リアは目を見開いた。少々情けないが、心細いということで構わない。

胸騒ぎがするのだ。それを言葉にするのもどこか不吉に感じ、憚《はばか》られた。

ヴェルナーは冀《こいねが》うように言う。

「旅ではぐれたことはあったが、一ヵ月以上も離れたことなんてなかっただろ」

「そうね……」

「ここにいてくれ」

リアは視線を揺らせる。

「……今から良い護衛が見つかるかな……」

そう言い、窓の外を見つめる。

「聖女の儀式は夕方には終わるわ」

「おれから長老に相談する」

——それですぐにヴェルナーは長老に事情を話し、信頼のおける屈強な護衛を数人紹介してもらった。中には女性もおり、それぞれ皆感じの良い人物だった。リアは青の聖堂まで行き、聖女に事情を話して護衛の交代を告げた。迂回も護衛の交代も、聖女は快く承諾してくれた。


夜、リアが青の聖堂から戻ってき、ヴェルナーに一部始終を説明してくれた。

「念のため、ヴァンに彼女についていってもらった」

「そうか」

リアは淡く吐息を零《こぼ》す。

「彼女、心配していたわ。今までありがとうって。あなたの謝罪の言葉も伝えておいたからね」

ヴェルナーはぎこちなく頷く。

「君一人に色々させて、本当悪い」

「それはいいんだけれど……。あなたがあんなこと言うとは思わなかったわ。心細いなんて、ね？」

リアは笑顔で腕まくりをする。

「じゃ、私はしばらくあなたの介抱をしましょう！」

治るまでは彼女の手助けを必要とするだろう。

「マジすまねえな、リア」

「あなたは悪くないわ。怪我は本来、私が負わなければならないものだったし。私を庇って怪我をしてしまったんだから、私こそごめんなさい、ヴェルナー」

「だから君が謝ることは何もねぇよ。おれが勝手にしたことだ」

彼女はふっと目を伏せたあと、視線を上げた。

「ね、ヴェルナー」

「何？」

「嘘《うそ》なんでしょう？」

「？　何が？」

「心細いっていうの」

「え？」

「本当は私が心配だったんじゃないの。それで行くなって言ったんじゃないの？」

「…………」

ヴェルナーが決まり悪くて横を向くと、リアは微笑んだ。

「あなたが私を心配してくれるように、私もあなたを心配する」

リアはヴェルナーの頬を両手で挟んで、彼女のほうに向き直らせると真剣な表情で言った。

「私をもっと頼ってよ。私、人間の中ではあなたが一番大切なのよ！」

ヴェルナーはまじまじとリアを見た。

「おい……。人間の中では、って何だそれ？」

「ヴァンも大切だもの。人の中では、あなたが一番」

ヴェルナーは胸に痛みを感じて自嘲的に笑んだ。彼女は自覚していないのかもしれないが。

（本当は、一番大切な奴がいるだろ？　その心に、ずっと他の誰かの存在が）

天井を仰ぐヴェルナーにリアは瞬く。

「ヴェルナー？」

「……なんでもねぇ」

なんともいえない気持ちで、リアに視線を戻した。

「おれも大切だ、君のこと」

（すべての中で、一番な）

リアは笑みを深める。

「ありがとう。私が人生で最も辛《つら》いとき救ってくれたのは、あなたよ、ヴェルナー。あなたが困っているときは私、絶対助けになるわ」

ヴェルナーのことをリアはお人好しだというが、彼女のほうが余程そうだ。

リアは目の前の者が困っていれば、ヴェルナーでなくとも誰にでも手を差し伸べる。

「そんなこと言ってると、恋したとき、恋人が妬《や》くんじゃね」

「あなたの恋人が？」

「違う。君の恋人」

「私は恋なんてしないわ」

リアは迷いなく断言する。

「けれどあなたが誰かと恋をしたら、確かにその恋人が妬いてしまうかもしれないわね……」

「そういった相手をおれは作らねぇよ」

リアはまっすぐな瞳でヴェルナーを見つめた。

「何があっても、私たちの信頼関係は揺らぐことはないでしょう」

「ああ」

（だが、おれのこの気持ちは……）

ヴェルナーは誤魔化すように言葉を発した。

「……君の二十四歳の誕生日、祝えるな」

「私の誕生日、覚えていてくれていたのね？」

「今までおれが忘れたことあったか？」

「ううん、なかった」

この気持ちを――彼女の誕生日に――。

――いや。リアは誰も受け入れない。

(傍でリアを見守ることができればいい)

一生告げなくとも。

◇◇◇◇◇

――半月後、ヴェルナーは完全に快復した。旅立ちの日、町長の息子はリアとの別れをひどく嘆き悲しみ、半泣きだった。また必ず来てくださいと壊れたように繰り返す。

もうここに寄ることはないだろう。放浪している皇太子のこともあるし、同じ場所に何度も立ち寄ったり留《とど》まらないほうがいい。ヴェルナーは彼にわずかに同情した。

屋敷を出て、リアと並んで町の大通りを歩く。彼女の絹糸のようなプラチナブロンドが風になびく。

「あ。そういえば」

「何?」

「泉の祠で何を願ったの?」

ヴェルナーは口を噤《つぐ》んだ。

「――だから。言ったら叶わないかもしれねぇだろ」

「ロマンティストなのよね?」

彼女はくすくす笑い、呟く。

「私はロマンティストじゃないし言っちゃおうかな」

「何を願ったんだ？」

気になって訊けばリアはこちらを振り向いた。

「願ったのは、あなたとはぐれないように、ってこと」

「……は？　何だそれ？　おれと、はぐれないように？」

彼女はうん、とはっきり頷いて続ける。

「もし万一はぐれても、ちゃんとまた会えますようにって。前にすごく慌ててしまったでしょ。この間の泉のような場所で」

彼女は夢幻的な森で希少な動物に気を取られ、道を逸れ迷子になった。滝に落ちたときである。

「でもあとで、皆の健康を願うべきだったって後悔したの。あなたは怪我をしてしまったし……」

ヴェルナーは苦く笑み、髪をかきあげる。

「別に何を願ってもいいけどな、おれのことは気にすんな。君は自分自身のことを一番に考えるんだ。そしてはぐれないように、もう迷子にならねぇように、願うのではなく君自身が気をつけるべきだ」

すると彼女は納得いかないといったように唇を尖《とが》らせた。

「別に迷子になったわけじゃないから。私はいつまでも子供じゃないわ」

「そうか？　迷子にならないように願ったんだろ？」

「迷子とは違うと思うの」

「はぐれて迷ったんだから、違わん」

「そう言われれば、そう、なのかしらね……」

リアの頭に、ヴェルナーはぽんと掌《てのひら》を載せた。

「まあ、もし迷ったとしてもおれは君を見つけるけど」

「うん。迷わないように私自身も気をつける」

（たとえ見失ったとしても、どこにいても、必ずおれはリアを見つける）


町を出て、二人は馬に乗った。

「じゃ、次の冒険の旅に出ましょう、ヴェルナー！」

リアは前を向いて笑顔で言う。

「ああ、リア、行こう」

光の中、生き生きと駆ける彼女は天空を舞う鳥のように自由で、美しく、気高い。

そんな彼女を、目を細めて見つめた。

この想いは、恋などではない。


——ただ君を。

愛している。

想いは告げることなく、一生、胸に秘める。

あとがき

はじめまして、葵川真衣と申します。

このたびは「闇黒の悪役令嬢は溺愛される」をお手に取っていただき、ありがとうございます。

思い入れのある作品を書籍化していただけることになり、感無量です。

本作は、リアを愛するジークハルトをはじめとして、キャラクター達の切ない恋模様を描いた物語になります。最初、両片思いのお話を紡ぎたくて執筆をはじめました。

本編のヒーローはジークハルトですが、番外編は本編と異なるルートになっています。

少しでも楽しんでいただけたら幸いです。

最後に、この場をお借りして、お世話になった方々にお礼申し上げます。

まず、見守ってくれた家族に感謝を。いつもありがとう。

そして応援してくださった読者様、丁寧にご指導くださった編集様、素晴らしいイラストを描いてくださった壱子みるく亭先生、当作品に関わってくださったすべての方に心より感謝申し上げます。

なにより本作をお手に取ってくださった皆様、本当にありがとうございました。

また、お目にかかれる日がくることを願っています。

葵川真衣

ICHIJINSHA

闇黒の悪役令嬢は溺愛される

ANKOKU NO
AKUYAKUREIJO HA
DEKIAI SARERU

初出◆「闇黒の悪役令嬢は溺愛される」小説投稿サイト「小説家になろう」で掲載

2025年3月5日　初版発行

著者◉葵《あおい》川《かわ》真《ま》衣《い》

イラスト◉壱《いち》子《こ》みるく亭《てい》

発行者◉野内雅宏

発行所◉株式会社一迅社

〒160-0022　東京都新宿区新宿3-1-13　京王新宿追分ビル5F
電話　03-5312-7432(編集)　電話　03-5312-6150(販売)
発売元：株式会社講談社(講談社・一迅社)

印刷・製本◉大日本印刷株式会社

DTP◉株式会社三協美術

装丁◉小沼早苗[Gibbon]

ISBN 978-4-7580-9712-3　©葵川真衣／一迅社 2025
Printed in Japan

おたよりの宛先

〒160-0022　東京都新宿区新宿3-1-13　京王新宿追分ビル5F
株式会社一迅社　ノベル編集部
葵川真衣先生・壱子みるく亭先生